Some Women Won't Wait

新編賈氏妙探

之14 女人等不及了

賈德諾 Erle Stanley Gardner 著　周辛南 譯

目錄
Contents

Some Women Won't Wait

目錄
Contents

出版序言

關於「妙探奇案系列」

當代美國偵探小說的大師，毫無疑問，應屬以「梅森探案」系列轟動了世界文壇的賈德諾（E. Stanley Gardner）最具代表性。但事實上，「梅森探案」並不是賈氏最引以為傲的作品，因為賈氏本人曾一再強調：「妙探奇案系列」才是他以神來之筆創作的偵探小說巔峰成果。「妙探奇案系列」中的男女主角賴唐諾與柯白莎，委實是妙不可言的人物，極具趣味感、現代感與人性色彩；而每一本故事又都高潮迭起，絲絲入扣，讓人讀來愛不忍釋，堪稱是別開生面的偵探傑作。

任何人只要讀了「妙探奇案」系列其中的一本，無不急於想要找其他各本，以求得窺全貌。這不僅因為作者在每一本中都有出神入化的情節推演，而且也因為書中主角賴唐諾與柯白莎是如此可愛的人物，使人無法不把他們當作知心的、親近的朋友。「梅森探案」共有八十五部，篇幅浩繁，忙碌的現代讀者未必有暇遍覽全集。而「妙探奇案系列」共為廿九部，再加一部偵探創作，恰可構成一個完整而又連貫的「小全集」。每一部故事獨立，佈局迥異；但人物性格卻鮮明生動，層層發展，是最適合現代讀者品味的一個偵探系列。雖然，由於賈氏作品的背景係二次大戰後的美國，與當今年代已略有時間差異；但透過這一系列，讀者仍將猶如置身美國社會，飽覽美國的風土人情。

本社這次推出的「妙探奇案系列」，是依照撰寫的順序，有計劃的將賈氏廿九本作品全部出版，並加入一部偵探創作，目的在展示本系列的完整性與發展性。全系列包括：

①來勢洶洶 ②險中取勝 ③黃金的秘密 ④拉斯維加，錢來了 ⑤一翻兩瞪眼 ⑥變！失蹤的女人 ⑦變色的色誘 ⑧黑夜中的貓群 ⑨約會的老地方 ⑩鑽石的殺機 ⑪給她點毒藥吃 ⑫都是勾搭惹的禍 ⑬億萬富翁的歧途 ⑭女人等不及了 ⑮曲線美與痴情郎 ⑯欺人太甚 ⑰見不得人的隱私 ⑱探險家的嬌妻 ⑲富貴險中求 ⑳女人豈是好惹的 ㉑寂寞的單身漢 ㉒躲在暗處的女人 ㉓財色之間 ㉔女秘書的秘密 ㉕老千計，狀元才 ㉖金屋藏嬌的煩惱 ㉗迷人的寡婦 ㉘巨款的誘惑 ㉙逼出來的真相 ㉚最後一張牌。

本系列作品的譯者周辛南為國內知名的醫師，業餘興趣是閱讀與蒐集各國文壇上高水準的偵探作品，對賈德諾的著作尤其鑽研深入，推崇備至。他的譯文生動活潑，俏皮切景，使人讀來猶如親歷其境，忍俊不禁，一掃既往偵探小說給人的冗長、沉悶之感。因此，名著名譯，交互輝映，給讀者帶來莫大的喜悅！

譯序

美國有史以來最好的偵探小說

周辛南

賈氏「妙探奇案系列」，（Bertha Cool—Donald Lamm Mystery）第一部《來勢洶洶》在美國出版的時候，作者用的筆名是「費爾」（A. A. Fair）。幾個月之後，引起了美國律師界、司法界極大的震動。因為作者大膽的在小說裡寫出了一個方法，顯示美國人在現行的美國法律下，可以在謀殺一個人之後，利用法律上的漏洞，使司法人員對他無計可施，只好讓他逍遙法外。

於是「妙探奇案系列」轟動了美國的出版界、讀書界和法律界，到處有人打聽這個「費爾」究竟是何方神聖？

作者終於曝光了，原來「費爾」就是名作家賈德諾的另一個筆名。史丹利．賈德諾（Erle Stanley Gardner）是美國當代最著名的作家之一。他本身是法學院畢業的律師，早期執業於舊金山，曾立志為在美國的少數民族作法律辯護，包括較早期的中國移民在內。律師生涯平淡無奇，倒是發表了幾篇以法律為背景的偵探短篇頗受歡迎。於是改寫長篇偵探推理小說，創造了一個五、六十年來全國家喻戶曉，全世界一半以上國家有譯本的主角——梅森律師。

由於「梅森探案」的成功，賈德諾索性放棄律師工作，專心寫作，終於成為美國有史以來第一個最出名的偵探推理作家，著作等身，已出版的一百多部小說，估計售出七億多冊，為他自己帶來巨大的財富，也給全世界喜好偵探、推理的讀者帶來無限樂趣。

賈德諾與英國最著名的偵探推理作家阿嘉沙．克莉絲蒂是同時代人物，都活到七十多歲，都是學有專長，一般常識非常豐富的專業偵探推理小說家。

賈德諾因為本身是律師，精通法律。當辯護律師的幾年又使他對法庭技巧嫻熟，所以除了早期的短篇小說外，他的長篇小說分為三個系列：

一、以律師派瑞．梅森為主角的「梅森探案」；

二、以地方檢察官Doug Selby為主角的「DA系列」；

三、以私家偵探柯白莎和賴唐諾為主角的「妙探奇案系列」；

以上三個系列中以地方檢察官為主角的共有九部。以私家偵探為主角的有二十九部，梅森探案有八十五部，其中三部為短篇。

梅森律師對美國人影響很大，有如當年英國的福爾摩斯。「梅森探案」的電視影集，台灣曾上過晚間電視節目，由「輪椅神探」同一主角演派瑞．梅森。

研究賈德諾著作過程中，任何人都會覺得應該先介紹他的「妙探奇案系列」。讀者只要看上其中一本，無不急於找第二本來看，書中的主角是如此的活躍於紙上，印在每個讀者的心裡。每一部都是作者精心的佈局，根本不用科學儀器、秘密武器，但緊張處令人透不過氣來，全靠主角賴唐諾出奇好頭腦的推理能力，層層分析。而且，這個系列不像某些懸疑小說，線索很多，疑犯很多，讀者早已知道最不可能的人才是壞人，以致看到最後一章時，反而沒有興趣去看他長篇的解釋了。

美國書評家說：「賈德諾所創造的妙探奇案系列，是美國有史以來最好的偵探小說。單就一件事就十分難得——柯白莎和賴唐諾真是絕配！」

他們絕不是俊男美女配：

柯白莎：女，六十餘歲，一百六十五磅，依賴唐諾形容她像一捆用來做籬笆，帶刺的鐵絲網。

賴唐諾：不像想像中私家偵探體型，柯白莎說他掉在水裡撈起來，連衣服帶水不到一百三十磅。洛杉磯總局兇殺組宓警官叫他小不點。柯白莎叫法不同，她常說：「這小雜種沒有別的，他可真有頭腦。」

他們絕不是紳士淑女配：

柯白莎一點沒有淑女樣，她不講究衣著，講究舒服。她不在乎別人怎麼說，我行我素，也不在乎體重，不能不吃。她說話的時候離開淑女更遠，奇怪的詞彙層出不窮，會令淑女嚇一跳。她經常的口頭禪是：「她奶奶的。」

賴唐諾是法學院畢業，不務正業做私家偵探。靠精通法律常識，老在法律邊緣薄冰上溜來溜去。溜得合夥人怕怕，警察恨恨。他的優點是從不說謊，對當事人永遠忠心。

他們也不是志同道合的配合，白莎一直對賴唐諾恨得牙癢癢的。

他們很多地方看法是完全相反的，例如對經濟金錢的看法，對女人——尤其美女的看法，對女秘書的看法——

但是他們還是絕配！

賈氏「妙探奇案系列」，為筆者在美多年收集，並窮三年時間全部譯出，全套共三十冊，希望能讓喜歡推理小說的讀者看個過癮。

第一章　遺孀的遺產

我遲了半小時到辦公室上班，每個人都像我捲逃了十萬公款那樣在關心我。

開電梯的人說：「賴先生，柯白莎在找你。」

「謝謝。」我說。

「我想是要緊事。」

「謝謝。」

打開電梯門，走過走道，來到上半面是磨砂玻璃的辦公室門口。磨砂玻璃上漆著「柯賴二氏私家偵探社」。知道我過去的人都知道這代表著我多少的心酸奮鬥。

我把門打開。正拚命在打電話的接待女郎說：「噢！你來了！柯白莎要你馬上進去。」

「她，一個人？」我問。

「不，一位畢先生和她在一起。」

「誰是畢先生？」

「沒見過。」

我說：「通知白莎一下，我來了。一分鐘後去看她。」

我走進我自己的辦公室。卜愛茜——我的秘書——說：「老天！白莎跳著腳，到東到西在找你。見了她嗎？」

「還沒有。」

卜愛茜神情興奮得有點發抖：「唐諾，你知道怎麼樣？」

「怎麼樣？」

「你要到火奴魯魯去。」

「那真不錯。」

「你不興奮？」

「我還在等你證實。」我告訴她。

「不必，你明天動身。海上天堂豪華郵輪。」

「海上天堂不是二十四小時之前臨時訂位會有船票的。」

愛茜看看她的錶：「你還有二十四小時多一點點的準備時間。」

「到底怎麼回事？」

「我也不知道，」她說：「我先告訴你點路『偷』社消息而已。白莎把她自己的手幾乎絞扭斷了，急著在找你，好請接電話到麥遜航運公司。她裝模作樣請外面給她送一個老檔案進去。那個畢先生又在她辦公室求她去火奴魯魯。她說她不可能離開，她說要你去

——」

有人轉動我辦公室門的門把，那麼用力好像恨不能把它轉下來。門突然打開。柯白莎站在門口，一百六十五磅重的肉，加上兩隻貪婪鈔票的小眼睛。

「你藏到哪裡去了？」

「在外面。」

「我想是不在這裡！這半個小時我差點把屋頂掀掉也找不到你。辦公室來個金礦一樣的客戶，我們竟然不知道你在哪裡。這個人要什麼就有什麼。他現在就要。」

「他要什麼？」

「他要你去火奴魯魯。」

「那就讓他自己告訴我。」

「他告訴我了。」

我說：「那麼，他是要你去火奴魯魯。」

「他要什麼和他得到什麼，不一定是一件事。」

我說：「好，我們去和他談談。」

「先等一下。」白莎說。回頭把門關上，狠狠地看了愛茜一眼，好像不太高興她在旁邊似的。她說：「我們先談談這個人。」

「談吧。」

「他是個脆弱、吱吱叫、未老先衰的假老頭。」她說：「你要和他握手，只可以輕輕碰一下。你要稍擠一下就擠到他的關節炎了。但是千萬裝著看到他是強人一樣。」

「是個什麼案子？」我問。

「你進去再告訴你，」她說：「目前我不過告訴你對付他的辦法。我不想使顧客單獨等待。顧客是很奇怪的東西。你讓他單獨等太久，他會東想西想。我只是告訴你怎樣使他有好感。我要馬上回到他身邊。你過十秒鐘到我辦公室。當做你一直在忙另外一件案子。我要他認為我們是業務很繁忙的一個偵探社。」

「他怎麼會找上我們的呢？」我問。

「他知道我們相當久了。」

「他知道你是個女人？」

「當然他知道。」

「這樣好一點。」我說。

柯白莎在自己辦公室門上漆著柯氏。因為她是合夥事業的資深合夥人，有的時候會產生窘況。顧客要求見偵探社的頭子，見到所謂柯氏是柯白莎的代名，有的時候不易使他們接受。倒不是白莎不能使他們接受，而是要多花不少的力氣說明。白莎的外形和脾氣就像一捆用來做籬笆的有刺鐵絲網。等顧客願意付錢的時候，早已不因為她是女性委託我們替他辦事了。有時要花不少時間才能溝通。

「事實上，」白莎說：「畢先生要的是一個女人。他認為這件案子需要女性化的特質。」

想起白莎女性化的特質是火車頭一樣的硬朗，不禁使我莞爾笑出聲。

我趕快說：「畢先生是什麼人？」

「畢先生有橘子園、金礦和油井。」

「他那麼急，臨時通知別人去夏威夷，當然應該用飛機。」我說：「據我知道海上天堂票不好買——」

「別傻了，」白莎插嘴說：「他登記了不少人，他自己也乘這條船去，而且——」

「而且要你在旅途有任務。」我在她猶豫時給她補充。

「正是如此。」

「你自己為什麼不去？」

白莎說：「我不喜歡旅行，我不喜歡爬樓梯，老天！你看看我的腿。」

她把裙子拉起，露出整個下肢，她大腿滿像樣的，只是應該長在足球名將的身上，他將以此為榮。她下肢自膝蓋以下逐漸變細，到了足踝只有盈盈一握的圓周。她的腳——腳背雖高但是是雙正常的腳，看起來兩隻腳最多只能支持九十磅的體重。

「你看，」白莎說：「一雙羚羊的腿，一隻犀牛的屁股！」

愛茜和我都知道，白莎特別愛護她這雙全身唯一正常尺寸的腳，她也只捨得買價格昂貴的鞋子，所以我們兩個只把目光集中在她腳上。

我點點頭說：「船上上下都用電梯。」

白莎說：「船上的電梯都很小，一次運我一個人差不多，我看過照片，火奴魯魯到處有山丘。整個鬼島就不是平的。再說那裡很熱，白莎怕熱，出了汗脾氣不好。我想你可以亂跑地做這做那，我不行。我討厭自己生病，也討厭病人。」

「畢先生有病？」

「他全身都有關節炎，叫我和他同一條船，聽他全身嘰嘎響，要加滑潤油一樣，我會把這王八蛋摔出船去。現在，你不要洩露我告訴你的一切。我先走十秒鐘，你再來，假裝在忙別的案子。」

白莎轉身，重重的開門，在身後重重把門帶上，走向她自己的辦公室。

「好棒，唐諾，」愛茜說：「假如變成一個大案子，把我也飛去要跟蹤人或其他雜務。想想看！火奴魯魯！鑽石頭山！威基基海灘！衝浪！花圈！草裙舞！」

「還有生魚片。」我說。

她皺皺鼻子：「聽說味道不錯。」

我說：「不要空想，要是在島上需要秘書的工作，白莎會按時計酬在當地請一個的。只要想到從本土送一個秘書過去，她就會發心臟病的。」

「我知道。」愛茜說：「想想過過癮，不犯法吧！」

「當然。」我說。把領帶調整一下，經過接待室，走進門上寫著「柯氏，私人辦公室」的門。

白莎露著甜甜的癡笑。「這是畢先生，唐諾。」她說，又向著畢先生露出牙齒說：「這是賴唐諾，我的合夥人。」

我向前兩步，向他說：「請不要站起來。」伸出我的手。

他把手指伸出來，在我尚未摸到前立即收了回去。

「小心，」他說：「我的手有點痛——是風濕症。」

「抱歉。」我告訴他。

我看一下手錶說：「白莎，昨天晚上你擔心的案子，今天早上都弄妥了。沒事了。」

「噢！早上你就在忙那件事。唐諾？」

我拖過一把椅子，坐下來。

白莎說：「畢先生有一件困難事，要我們處理。」

「什麼事？」我問。

「他會告訴你，」她說：「還要你到火奴魯魯去。」

「怎麼會？」

「案子在那裡。你明天乘海上天堂去。」

「你試試麥遜航運就知道，船票預約幾個月之內——」

「你明天搭船出海。」白莎堅定地打斷我的話：「畢先生已經每件事都安排好了。現在正在開票。」

我轉向畢先生，對他仔細觀察。

他大概四十五歲，稍大一點的風可以把他吹走。濃眉毛，銳利的灰色眼睛，高顴骨，直直的深色頭髮。使他看起來不健康的是蠟樣的皮膚。身上是名匠訂製的衣服，至少二百五十元一套，腳上鞋子擦得亮亮發光，一條手繪二十五元的領帶，法式翻袖的襯衣，袖扣是翡翠鑲金的。兩隻瘦削的手抱著一根強而有勁手杖的圓頭。他想做個控制全局的強人，但是臉上現出焦慮的神色，好像他在怕什麼——也許怕我們不理睬他，也許怕有人問出不該問的問題。

「畢先生，海上天堂上訂好船票有多久啦？」我問。

「相當久了。」

「你早就知道案子會發生了，是嗎？」

「不知道。」

「那麼本來是想送別人去的？」

白莎說：「唐諾，你在幹什麼，詰問犯人哪？讓畢先生用他的方法來告訴你，不更好嗎？你別搗亂了。」

「我只是把事情弄弄清楚。」

「我看你把車子放在馬的前面，馬又放在車子後面，馬頭又對著相反的方向。」我高興地笑著問：「誰是那匹馬呢？」

白莎生氣得兩眼發光。「你。」她說，又突然滿面春風轉向畢先生說：「唐諾喜歡開玩笑。你不必介意。他天生聰明，你的困難他一定可以解決。」

「希望他能，」畢先生說：「柯太太，我在想你要能去的話會好得多。當然，賴先生，我無意低估你，說說而已。」

白莎匆忙說：「這一點我們以後再談，但是我和唐諾反正只能去一個，不過唐諾臨時通知可以出差，我不行。畢先生，請你把詳情再說一次，選重要的地方。我已經把重點記下，過一下還要和唐諾討論一下。目前讓他先聽你的。我喜歡他有一點第一手資料。」

畢先生把手杖移到身體正前方，把都是骨頭，不太平整的兩隻手按在手杖圓頭上，把上身向前傾，身體的重量壓在手杖上，因而瘦骨嶙峋的雙肩向上聳起。「實在也無所謂說什麼詳情，」他說：「詳情是我要你們去發現的。」

「你說你要我們去保護一個女人，」白莎說：「你認為有人想敲詐她。」

「完全正確。」畢先生說：「我要你們保護蜜蕾，而且我不要她知道有人在保護她。這是為什麼我想到請個女人來做這件工作。柯太太，我真的希望請個女人來做這件事。」

「我知道，」白莎告訴他，「但是你最希望的還是效果，對嗎？」

「沒有錯。」

「唐諾是最有頭腦的，他會把效果帶給你。唐諾年輕，活力充沛，而且——」

「這些不見得是優點。」畢先生不安地說。

「為什麼？」白莎問。

「小蕾比較——這樣說好了，我不希望情況複雜化。」

「你的意思是小蕾比較容易動情？」白莎用突然瞭解本案一個新角度的聲音來問。

「我們用另外一種方法來形容！小蕾比較不易預測。」

「你不必擔心唐諾，」白莎激動地說：「唐諾一開始工作，只知道工作。」

畢先生懷疑地看著我。白莎也在懷疑地看我！

「也許我過幾天飛下去看看，」白莎用貪婪的眼神估計著他說：「假如案子大到值得走一次的話。」

「工作是絕對值得的，」畢先生說：「為了達到效果，值得把它看成是件大案子。不過你要瞭解，柯太太，我絕對不好相與。我不讓任何人欺騙我。但我不會白辛苦人，我付鈔票。」

「我們絕對叫你付得值得。」白莎滿臉笑容說：「現在，再告訴我們一點小蕾的事。」

他說：「小蕾給我電報，說遭遇到嚴重的困難，她需要錢。我只知道這一點點。」

「小蕾是指木蜜蕾，對嗎？」白莎看向我，提醒他。

「是的。」

白莎看她的記事本：「她嫁給你的合夥人，木宜齊。木先生死了，留給她一大堆錢。」

「完全正確，宜齊有驚人的財富，除了小蕾外沒有別的親人。」

「他死了多久了？」我問。

「三個月。」

「他結婚是多久之前呢？」

「九個月。」

白莎說：「木宜齊六十九歲。畢先生，對不對？」

「完全正確，死的時候六十九歲。結婚的時候六十八。」

「小蕾呢？」我問：「現在幾歲了？」

「二十七。」

我沒有出聲。

「沒有錯，」畢先生怒視著我說：「這是一次以實利為本位的婚姻，是宜齊自己要的。小蕾並沒有把自己送上門去。小蕾是個極好的女孩子。宜齊死了，除了小蕾及我之外，錢也沒有人可以給。他愛小蕾，他喜歡陪在她左右。一旦你見到她，你會懂我什麼意思。她放射出生命的光輝，年輕、活力、愉快。她使你看到常規人生之外，人活在世界上還有很多所謂可愛的生活。她使你感覺美好，她使你歡笑。她就像一口新鮮空氣，一口美酒。她——」

「是的，是的，」白莎打斷他說：「那女郎非常好！唐諾。畢先生和生前的木宜齊是合夥人。他們有合約：兩人中任何一人，假如沒有結婚而死亡，財產就歸活著的一人。假如死者有遺孀，則遺孀得一半遺產。」

「你看，木宜齊結婚了。依據原先的合夥合約，木宜齊立即修改遺囑，把遺產分成兩份，一份歸畢先生，一份經託管歸小蕾。」

「託管人當然是你囉？」我問畢先生。

「正確，我是無條件的託管人。我把資金投資，拿出利潤。必要時我也有權拿出部分本金，這當然指緊急用途。」

「託管期限多久？」

「五年。」

「五年之後呢？」

「五年之後資金全歸小蕾，條件是五年之內不可以有任何醜聞——在我認為會減低或會糟蹋她已故丈夫的名譽。」

「要是有了這種情況，託管的資金如何處理？」

「這種情況不會發生。」

「萬一發生呢？」

「那麼這筆錢就歸幾個不同的慈善團體。」

「這一類託管方法常易引起問題，是在哪一個州？」

「科羅拉多州。」

「你有沒有仔細看過遺囑？」

「律師有看過，他說沒問題，這樣可以。」

「從鈔票來看，你夥伴的婚姻使你損失不少。」

「那是明顯的。」

「既然如此，你有沒有反對過這門婚事？」

「起先我誤解過小蕾的動機。」

「反對這門婚事？」

「不像你說的情況。宜齊足夠年齡瞭解自己在做什麼。」

「這會使你失去一半財富。」

他笑著說：「我自己有的已經用不完了。隨便怎麼用，一輩子也用不完。無論如何，一開始我也認為宜齊受騙了，划不來。」

「後來呢？」

「後來我知道他做得完全對。他得到了快樂。」

白莎說：「現在讓我們面對現實。小蕾給你電報，說她遭遇困難，她除了利潤收入外，需要動用本金，拿出一筆相當大的數目？認為是緊急用途，是嗎？」

「正確。」畢先生說。

「她要多少錢？」我問。

「一萬元。」畢先生說。

白莎補充說：「畢先生認為是敲詐，有人在恐嚇小蕾。」

我看向畢先生。

畢先生看著我的眼，點點頭。他說：「事實上本金十分龐大，要多少錢都不成問題。但原則非常重要。一旦受勒索，就不可能有休止。我要全力保護小蕾，付錢不是辦法。」

「什麼人想從她那裡弄錢呢？」

「我不知道，甚至不知道是不是有人在向她弄錢。」

我說：「畢先生，我們公平的來說，小蕾精力活潑。」

「正確。」

「她二十七歲。」

「正確。」

「她九個月之前結的婚。」

他點點頭。

「她丈夫死了，她很有錢。好了。誰會去用什麼敲詐她？很明顯，一定是什麼行為上的不謹慎，如果不十分嚴重的——也值不了一萬元錢。」

「當然，小蕾是個好女孩。她很設想周到——當然，假如是託管金所謂的醜聞問題——你瞭解我的意思，賴先生。」

「木宜齊先生以前住哪裡？」

「丹佛。」

「小蕾是丹佛人？」

「不是，是紐約人。」

「結婚之前，他們相識多久呢？」

「三、四個月。」

「宜齊怎麼碰到她的？」

「一次海上航行。」

「你認識她多久了？」

「宜齊認識她後不久。」

「你對她印象不錯？」

「非常迷人的年輕女郎。」

「為什麼遺囑裡特別要註明防止她五年內有醜聞，否則失去所有的金錢？這等於是鼓勵敲詐的發生。」

「我從來沒有和宜齊討論到這方面。我相信，他認為小蕾有點衝動，他要保護自己身後的名譽。」

「你真正的願望是什麼呢？」我問。

「我要用一道安全的圍牆把小蕾保護起來。我認為出了點事態，而她有危險。我要保護她。」

「要保護她，又要不使她知道，事實上十分困難，因——」

「我最重視的就是不能讓她知道。我覺得使她知道我把她的困難告訴陌生人，是非常不尊重的行為。」

「你希望我們做些什麼事呢？」

他說：「這就是為什麼我希望找一個女人來辦這件事。我來這裡是因為聽到柯太太是個傑出、有能力、有決心的女人。據說她硬得像支鐵釘。我認為她可以不在意地和小蕾結識，培養友誼感情，找出危險在哪裡，消除它。」

「你想她已經被人敲詐？」

「我想是的。」

「你希望她得到什麼樣的保護？要使敲詐的人定罪？」

「老天，不可以。我要他——我只要他消失，不再出現。」

「用什麼方式？」

他說：「不管什麼方式，賴先生。都可以。」

「為什麼我不飛去？」我問：「假如小蕾有危險，我認為這樣去浪費太多時——」

「我要你乘船去，因為在船上要你認識一個人。」

「喔。」

「雷瑙瑪是小蕾的要好朋友。她明天上船去夏威夷見小蕾。我認為在船上可以和雷瑙瑪小姐混熟，經過瑙瑪就可以和小蕾不被懷疑地接觸。」

「原來如此，對雷瑙瑪你又知道什麼呢？」

「不多。」

「你和她認識嗎？」

「沒有，從未認識。」

「她不是丹佛人？」

「不是，也是紐約人。和小蕾已是多年好友。」

「小蕾打電報向你要錢，你怎麼回答她的呢？」

「我告訴她我這次乘海上天堂號去。」

「噢！你明天親自要去？」

「是的。」

「她知道你要去？」

「她現在知道了。」

白莎說：「唐諾，我看差不多了。」

畢先生說：「柯太太，要是你肯自己去的話，我願意在同意的費用之外，另外給點好看的報酬。」

「我會迷路的，」白莎說：「我不能跑來跑去，我不能做跑腿的事。」

「我還是認為女人合適。」畢先生說。

白莎看看桌上堆著的信件，看看手錶。

「當然，」畢先生說：「我不會太計較你們合理的開支。旅行是會有很多意想不到的開支的——」

白莎向我看看。

我說：「你為什麼不去？」

白莎生氣地說：「因為我不喜歡乘船，更不喜歡旅行。我不喜歡爬上爬下。不喜歡評價過高的太平洋熱帶天堂。也不喜歡旅客的喋喋不休。我不喜歡夏威夷音樂。我不喜歡離開這辦公室。我——」

畢先生把一隻手伸進上裝口袋，故意嚴肅地抽出一本支票本。打開。等候著回音。

白莎在看到支票本的時候，停止了說話。兩隻貪婪的小眼死盯著支票本。

辦公室靜寂了幾秒鐘。

「好，」白莎生氣地說：「我去火奴魯魯。唐諾，拿支鋼筆給他。」

我向畢先生笑笑：「既然白莎肯去，我就不需要了？」

「完全正確。」

白莎急急唾沫飛濺地說：「亂說，我需要他工作。我沒有辦法做他這種工作。我不——」

「喔，你當然可以，」畢先生用沒有感情，亂嗄的聲音說：「柯太太，沒有什麼你做不了的事，由你來做我還放心得多。事實上我希望你去。你不去我們交易作罷。」

大家閉嘴了一段時間。

我把我鋼筆交給畢先生。「不要緊張，」我說：「她會去的。」

第二章　丹佛同行的電報

畢先生用他特殊的曳足步態，蹣跚著離開辦公室。灰土土的臉上扭曲著勝利的笑容。我送他到電梯口，才回來和白莎談話。

白莎已經掛了一個電話給丹佛的銀行。我進來時她正在講。

「我是柯賴二氏的柯白莎。我們這裡有張三千元的支票，簽出的人叫畢帝聞。請查一下……沒有問題？……你可以確定……我今天軋進去。……你確定沒問題？因為我們要先付不少費用……謝謝你。」

白莎掛上電話對我說：「這個傢伙連問也不問一下存款數目。只是一味說支票不會有問題。」

我說：「趁你在這裡，我們給丹佛的同行打個電報。告訴他們，我們立即要木蜜蕾、木宜齊及畢帝聞所有可找到的資料。」

「我們的客戶不見得喜歡我們這樣做。」白莎說。

我說：「隨你，你喜歡閉上眼工作和我無關。我覺得你會後悔。」

「為什麼？」

我說：「他想告訴我們這是緊急狀況。但要我們乘船去，還堅持我們乘船去。你本來可以乘飛機幾小時就到。」

「他不解釋過了嗎？他要我們先認識雷瑙瑪。」

「當然，」我說：「這是認識她很好的一個辦法，但是這樣做把一切拖延了五天之久。認識一個人花那麼多重要的時間划得來嗎？他為什麼不讓你坐船去，我坐飛機去？」

白莎把眼皮搧了兩下：「你看呢？」

「我認為小蕾的困難，遠比畢帝聞要我們慢慢進行的工作嚴重得多。也比他要我們相信的嚴重得多。」

「為什麼？」

我說：「他把你送去夏威夷群島，用最豪華的郵輪。當然不是為了請你到威基基海灘穿了泳裝曬太陽。」

「曬太陽！」白莎從鼻子哼氣說：「我穿了泳裝像一袋子洋山芋。曬一秒鐘太陽身上就起泡。我不喜歡夏威夷。老天，我怎麼會糊裡糊塗答應去夏威夷的？」

「鈔票。」我說。

白莎看著那張支票：「你說對了。唐諾。」

我說：「好，打電話給丹佛吧。」

白莎躊躇著，但最後還是照我的意思辦了。

當日下午四時半，我們收到回電：

木蜜蕾九月前與木宜齊結婚。六個月後宜齊死亡時留下大批遺產，一半歸畢帝聞，一半歸遺孀。木蜜蕾目前在火奴魯魯。丹佛警局兇殺組探員凌艾佳佯裝休假明日乘海上天堂輪赴夏威夷。畢於十日前離丹佛去向不詳。建議小心行事，寡婦可能為掘金者，不願等候天命。警方不願打草驚蛇，靜靜進行中。

我對白莎說：「嗯，這才有點像。照我想像她的性格，任誰都可自她光輝的過去挖掘一點資料來分一杯羹，她也不會太在乎。謀殺可就不太一樣了。」

「他奶奶的，」白莎低聲地說：「但是遺孀只拿了一半，畢先生也拿了一半。」

「不要在這方面想過頭了。」我告訴她：「畢先生和他一起創業，是合夥人。他本身就有錢。再說，他要殺人一定在婚前殺，絕不在婚後殺。」

「為什麼？」白莎問。然後在我回答她之前，她急急地說：「喔，是的，我懂。有百分之五十的差別。」

我點點頭。

「他好像很喜歡她。」白莎說。

「他現在喜歡了。」

「什麼意思？」

「蜜蕾想要嫁給木宜齊的時候，」我指出給白莎聽：「畢先生一定恨她恨得要死。現在他到處在吹噓她。也許是蜜蕾知道他要託管她五年，蜜蕾加緊培養了一點感情。假如在這樣短時間內，她能使他有那麼多改變。她的手段你可以想像到了。

「要錢的電報雖說她有困難，也可能是故意做作，使畢帝聞趕去夏威夷，她可以再給他點迷湯。在夏威夷當然好得多，不論發展如何都沒有丹佛社交圈影響。」

白莎很用智力地看著我。

「畢先生多少已受了蜜蕾的催眠，」我繼續說：「他要有人保護她，但是要個女人來保護她。他不喜歡有男人混入這件事情。但是他真的要保護她嗎？還是要證明她違反遺囑規定，不給她這份託管的財產呢？」

「他舅子的！」白莎喊道：「這件案子的發展會亂七八糟。」

「你要把他的錢退還給他嗎？」我問。

「退回！」白莎喊道。

「對他說不要他的臭錢。」我說。

「你想我瘋了？」她吼道。

「那好，」我說：「祝你船上旅途愉快，白莎。也許，說真的，你會和凌艾佳混得很熟。他還可能是主動向你討好的人。他可能想知道你到群島去幹什麼。」

說完我也不等她說什麼，走出她辦公室，回到自己的辦公室，對卜愛茜說：「打個電話找個雜貨店，叫他們隨便找一批垃圾罐頭，放個大籃子，用玻璃紙罩起，緞帶捆起，貼滿旅途愉快，要越大越好，送去海上天堂轉柯白莎房間。」

「什麼人付錢？」她問。

「公帳開支。」我告訴他：「把它列在畢先生這件案子上。」

「白莎不跳穿天花板才怪。」愛茜警告說。

「我知道，」我告訴她，「我要白莎在見到一位高貴的旅客前心情好一點。」

「什麼人？」

「妳不會認識的。」我說：「姓凌，是丹佛警察總局的。我們在籃子裡放一張卡片，給寫上『丹佛警察局敬賀』。」

「老天，白莎會像香檳瓶子破了一樣冒泡！」

我說：「白莎需要離開辦公室休息一下，這是個好機會。」

第三章　送行

星期五整個早上我都很忙。我中午過一點點才打電話回辦公室。白莎不在。我十二點半又打，她還是不在。

我一定要去郡公所查點資料。結果這工作比我想像複雜得多，我辦完已經兩點出頭了。

我打電話回辦公室。

「白莎在嗎？」我問。

「不在，是不是賴先生？」

「是的。」

「白莎留了口信，叫你要在她走前見她，十分重要。」

「我是要見她。」我說：「照目前情況看來，我只好到船上見她了。讓我和愛茜說話。」

接待女郎把我電話轉給愛茜。

愛茜說：「唐諾，你要去送白莎行吧？」

「我看我還非去不可。」

「我能去嗎？我對大船嚮往得不得了，對——對夏威夷也是。喔，唐諾，你為什麼不去呢？」

「因為我們客戶認為我有色狼的傾向，」我說：「而且在這種情況下白莎較為合適。」

「至少我想跟你上一次船見識見識，」愛茜說：「你想船上會不會准你在開船前和白莎有次最後會議，由你帶個秘書上去的？」

「也許，」我說：「我二十分鐘後在前門接你。我快要弄完了。」

「船四點要開。」她說。

「我知道，」我說：「我們會來得及的。」

「千萬要趕上，」她說：「白莎有點膽怯。她跟每一個人留言，看到你要你去見她。」

「我也一直在想和她聯絡，」我說：「我不能一面辦事，一面到東到西找她。她到底在幹什麼？」

「你想她在幹什麼？」愛茜說：「她在買東西，她去做頭髮，選擇船上穿的衣服。」

「白莎！」我說。

「白莎。」愛茜告訴我：「無論如何她是個女人。」

「你在騙我。」我說，把電話掛上。

十二分鐘之後，我在辦公室樓下打電話給愛茜，我認為在這種情況下還是不要上去，讓愛茜下來好一點。我把車停門前，愛茜跑下來時，我把車門打開。

她一面跳進車來，一面說：「唐諾，你要開快點才有希望。」

我們把車擠進擁擠的車道，好不容易來到高速公路。

「我有一張地圖，知道船停在哪裡。」愛茜說。

「沒關係，」我說：「我知道怎樣去法。」

我們在一兩個地方超速，一兩個紅綠燈犯了一點規，終於見到海上天堂高聳的船身，藍條的煙囪已在藍天的背景上冒煙。

一聲長鳴自煙囪上吹出。

「噢，我打賭不乘船的不能再上船了。」她傷心地說。

「我們會辦到的。」

「但是，我們不可能找到停車位置。我們——」

就在這時，一輛車從停車位開出來，正好在跳板梯對面。

我把車開進車位。

「好心有好報。」愛茜說。

我扶著她的手，我們經過船公司搭的綵棚，來到跳板梯的起始口。

白莎站在那裡，兩唇抿成一條縫，滿臉憤怒。

「我看你也應該到了。」她說。

「我今天早上打電話五、六次找你，」我說：「你去買東西了。」

「怎麼樣？不應該呀？老天，我不能在船上晃來晃去不穿衣服呀！」白莎說：「我真的才知道，我根本沒有衣服好穿。你該試試那麼倉促的決定。」

「好了，你都辦好了，」我說：「你離開這裡之前，還有什麼要特別關照的嗎？」

卜愛茜自皮包中拿出她的速記簿和鉛筆。

白莎說：「愛茜，你等在這裡。唐諾，你跟我走，我有話跟你說。」

「假使你要我記下來，」愛茜急著說：「我——」

「不要。唐諾，跟我走。」

白莎打開皮包，拿出一個折疊了的信封交給愛茜說：「這是給你的指示，你馬上看。」

我跟隨白莎往跳板梯上爬。

一個白衣警衛守在船口說：「訪客請止步，船幾分鐘內要開了。」

「閉嘴！」白莎說：「我們是乘客。」

她帶了我上了船，來到走廊。

「你一定要見畢帝聞。」她說。

「我沒有時間了，」我告訴白莎說：「他是高高在甲區，我——」

「你會有時間的，」白莎說：「跟我走。」

白莎開始按電梯的鈕。

我說：「白莎，別開玩笑，已經是開航時間了，我——」

奇蹟一樣，電梯正好下來，開電梯的小廝把門打開。

「甲層。」白莎說。

我們向上，走出電梯，走進甲區。

「白莎，那麼多客人，都在甲板上，我們找不到他的，你看我的錶。」

「這邊來。」白莎說。

我跟了白莎沿了甲區，來到一條兩邊都是單人艙房的走道，是船的頭側，非常高級。

白莎拿出一把鑰匙，打開一扇門，說道，「快，唐諾。我們必須加快行動，船十分鐘後要開了。」

我跨進艙房，豪華，有浴廁，除了窗是一個圓窗外，看不出是在船裡。單人床，一切齊全，是甲區單人包艙。

我聽到門被大聲關上。有鑰匙在門外把門鎖上。白莎不在房裡。

我衝到門口，門確實鎖起來了。

「白莎！」我叫道。

門外面沒有聲音。

我回頭再看一下艙房，床下有一個箱子，看起來很眼熟。把它拖出來，是我的箱子。

裡面還有一個，也是我的箱子。

我打開衣櫃，我公寓裡好一點的衣服都被搬來了，整齊地掛在那裡。

我走過去把舷窗打開。擴音機大聲播著音樂。五彩紙條裝飾著船的這一側，下面很遠是擁擠的歡送人群，搖著手，都有笑容。

我拿起電話，電話被切斷了。我讓自己坐在長沙發上，拉過一個墊子放在頭下，點上一支菸。

一聲長長的笛聲，整個船內都有迴響。

我現在已經有答案，我要去火奴魯魯了。

第四章 混蛋瘋子的笨笑話

五點半的時候，船已出了防波堤來到較深的水道，一陣上下及左右的擺動之後，船就平穩下來，我聽到外面鑰匙開鎖聲。

門打開，大白莎站在門口向我怒視著。

我躺在長沙發上，墊子在我頸下，雖是單人包艙，如果有必要兩個人睡的話，沙發在晚上可以做一個額外的床。

「哈囉。」我說。

「有什麼要說，就說吧，」白莎宣稱，「不要悶在心裡。」

「要我說什麼？」我問。

「所有這些事，我們一次解決。」

我說：「我沒有什麼悶在心裡。坐下來，白莎。你看起來累了。」

「天殺的，唐諾。」她說：「下次再也不要對女人說她看起來累了。即使看到我像一袋麥子，袋子撐破了，也不准你說我看起來累了。」

「我從來也沒有見你比現在好過，白莎。」我說：「請坐。」

她把門踢上，坐下，長長的吐口氣。把鞋子踢掉，兩隻手按摩著她的腳。

兩個人不講話。房間裡只有船在航行，船內裝潢軋軋作響的聲音。

「你仔細聽聽看。」白莎說。

「每條船都這樣的，」我告訴她，「是正常的。」

「對船來說也許是正常的，」白莎說：「對人可絕不。我們的客戶使我瘋了。你有聽到他全身會響嗎？」

「沒有。」

「他的膝蓋響得最厲害。」

「他自己也不喜歡呀。」

「你不會恨我吧，唐諾？」

「我為什麼要恨你？」

「騙你上船，綁架你。」

「我希望，」我說：「你已經安排卜愛茜能回城去。車子的鑰匙在我身上。」

「不必擔心，我給她一封指示信，裡面有公司車和我的鑰匙。我每件細節都想到了。我向你保證，唐諾，我要真肯用腦筋，我可真的能辦事。」

我點點頭。

「這是為什麼我早上不能和你見面，」她說：「我怕洩漏了天機。老天，今天早上我可忙死了。我去你住的地方把垃圾都搬來。唐諾，你的公寓根本是個垃圾堆。東西沒有定位，沒有歸類。有花邊的晚禮服襯衫怎麼可以壓在每天穿的襯衫下面呢？」

「因為抽屜不夠用。」

「是我看過最亂的地方。我怎麼也找不到袖扣，你在船上買一付好了。其他你要用的都帶來了。」

「對這件事，畢先生會怎麼說呢？」我問。

她說：「畢先生沒關係。我告訴過他，我沒有你不行。我和他有一個約定，只由我和木蜜蕾接觸，而且到了那裡一切由我來控制。你要在船上就開始工作，建立和雷瑙瑪的關係，你只是我的助手。」

「那為什麼要那麼麻煩，故作玄虛？」我問：「只要告訴我一下跟你們來就是了。」

「我最清楚，我知道那樣你不會來。」白莎說：「你會說這是我的事。會說畢先生本來只要我沒有要你。你不願意在那裡聽我的命令。」

「我現在還認為如此。」

「那好！」白莎冒火地說：「跳船呀，游泳回去。」

我從窗口外望，估計離岸距離。

「別做傻子。」白莎突然憂懼地說。

我說：「這件事完工之前，你會和畢先生友誼決裂的。」

「不會的，」白莎說：「我告訴他，你在辦案的時候，腦子裡只有工作，我也會坐在家中控制你腦子裡只有工作。你要對任何女孩子看第二眼的話，我會親自把你脖子扭斷。」

我向她微笑：「要是她來引誘我呢？」

白莎從鼻子中噴出氣來。

「萬一呢？」我追問道。

「絕對不會，」白莎說：「你絕對不准走近她。由我來接觸。我正式指示你，從現在起要忘記一切女性的誘惑，除了工作，只有工作。我向畢先生保證過，你一上船就工作，即使是性感明星光著身子在日光甲板上散步，你也不會去看一眼的。」

「這還成什麼狗屎偵探？」

「你知道為什麼這樣安排，唐諾。」

「我不知道，也許畢先生知道。」

白莎向口袋一探，拿出一本彩色長方形薄船票。「這是你的船票，」她說：「黃色的一張是餐桌席次。要是你以為把你安排和雷瑙瑪一桌是容易的，那你下次自己做做看。我給了兩個管事僕役小帳才辦成。想想看，白花花的鈔票，自己不會花，要送——」

「你應該把它列入開支帳呀。」

「當然記在開支賬裡，」白莎說：「你幾時見我為案子花錢，不放在開支賬由客戶付款的？」

「那為什麼還要抱怨，反正畢先生出錢。」

「這是太大的浪費，」白莎說：「這個姓畢的傢伙是個老怪物，他為小蕾高舉著一個火把，他以為沒有人知道，其實他明顯得像隻兩個月大的小狗。小狗——可能是滿恰當的形容。當然是指這一件事。除此而外，他只是隻長風濕病的老狗。」

「其實，他並不老，」我說：「只是英雄也怕病來磨，他的風濕症把他拖垮了。」

「他是老了，」她說：「用完了，燒乾了。」

過了一會兒，她突然說：「想想他也不過我的年齡，但是他走路的樣子——根本不敢到人多的地方去。他在包艙裡，在大家從興奮中靜下來之前一定不會出來。他最怕被撞上。」

「你要有關節炎，也會怕有人撞你。」

白莎把雙肩向後一撐。「我就這點好，」她說：「有種的儘管來撞，只是撞凶了怕他們反彈，翻出欄杆掉海裡去。」

「反正這是你的戲，」我說：「什麼時候開始出去走走？」

「你是第二梯次用餐，唐諾。」她說：「你去威基基餐廳。七十二號座位——老天，人怎麼可以住船上連吃五天飯呢？」

我問：「為什麼不可以？麥遜航線的船都是世上一流的。伙食很好。」

她生氣地看著我。

「有什麼不對嗎？」我問。

「你應該知道，我會吃這些東西。」

「他們做出來就是要你吃的。」

「會發胖。」

「那就不要吃。」

白莎說：「你真是瘋了。餐單上所有的食品，我都是付了錢的。我不要這些有錢的船公司在伙食上賺我的錢。我在海洋上因船晃動等於運動，我容易餓。我沒有事做就等下一餐飯吃，始終在培養食慾。我不會讓船公司占便宜，我要像隻馬一樣吃他個痛快。」

「那也很好，」我說：「誰和你一桌？」

「我還不知道。我安排你去和雷瑙瑪打交道。這是我安排你上船，向畢交涉的法寶。你不要做得太明顯了。慢慢來。千萬不可使她起疑。一切要聽其自然。我想我們兩個要裝作不太談得來，就是偶然在船上見到而已。」

「你的艙房在哪裡？」我問道。

「也在這條走道上，三十尺前面。」白莎說：「我看畢帝聞把船上單人艙都包下來了。這要有不少勢力才行。這條船船票通常要十個月之前預訂，當然臨時取消的也不少。」

「你想我們這次火奴魯魯之旅，他那麼久之前就計劃了？」

「我不知道他計劃什麼，」她說：「我來告訴你一點有關他的事，唐諾。每次你問他問題，他就很緊張。他不喜歡別人問他問題。他喜歡告訴你事情，但是你一詰問他，他就不高興。你試過這一招，你知道。」

「我沒有詰問他，」我說：「我只是想知道實況。」

「沒錯，但他不喜歡這樣。有些有關小蕾的事他不願公開。他自以為是一隻母雞在保護一隻小雞。他現在認為保護小蕾是他唯一的生存原因——」

「小蕾一定是個了不起的妞！想想看，三個月之內，把一個乖戾執拗的老頑固，從死對頭轉變為天真的聖誕老人！」

我說：「姓畢的恐怕今後不習慣於問話也不行。我不喜歡矇了眼睛跟他來玩。我已經列了一大堆問題要他回答。」

「唐諾，不可以這樣！你一定要忍耐一下。只要他付我們薪水及開支，他是我們的客戶。目前你該整整裝，漂亮起來，讓雷瑙瑪多看你幾眼。要有一點羞答答。在這種船上，不會有太多合格的單身漢。瑙瑪假如像我想像那麼聰明，她也該知道，你會是船上一等對象。保證你三十秒鐘之內瑙瑪會讓所有船上女客知道，她有優先權把你視為禁臠。你不要太主動，坐在那裡，羞答答，但是要和其他人不一樣，瑙瑪會主動進行的。」

「假如她不主動呢？」我問。

「別傻了。這是在船上，唐諾。你有口臭也好，頭皮屑在肩上也好，但是單身女郎照樣會把鈞鉤放到你嘴邊。原因不是你真的吸引她們，而是單身女郎和單身女郎之間的競爭。哪一個女郎先有男人注目？哪一個女郎身邊圍的人多？在豪華郵輪上就這麼回子事。首先有男人侍候的女人像穿件新衣服一樣。」

白莎起身，扭門把，一下把門打開，站到走道上。一個僕役在問：「你是柯太太嗎？」

「是的，什麼事？」

「有包東西是要給你的。」

「什麼東西？」

僕役指著一只大籃子，堆高著水果、糖果、罐頭等，外面有黃色玻璃紙和緞帶，蝴蝶結精緻地包裝著。

「我給你拿到你艙房去好嗎？」僕役說。

白莎攫過夾在籃把手上的一個信封。打開信封拿出一張卡片，看了足足一分鐘，急急地說：「留在這裡好了。」想想又加一句：「我要你拿過去的時候，再拿過去好了。」

白莎把艙門關上。「唐諾，」她說：「我們身分暴露啦。」

「怎麼會？」

她把卡片交給我——「丹佛警察總局敬賀」。

我試著不使臉上現出表情，但是，不知是態度上什麼不對，還是因為事實上這是絕不可能發生的，反正白莎有了她的想法。

「唐諾！」她叫道：「這又是你這個混蛋瘋子的笨笑話，你——」她恨牙牙地拿起包裝得十分漂亮的籃子，準備把它整個摔爛在艙房地板上。

「那玩意兒連稅金是廿四元一角七分。」我說。

白莎把籃子已轉了半個大圈子，停下來，怒氣沖沖瞪著我，又看看水果籃：「你這個小雜種。自以為幽默的混帳。」

「何必呢？」我告訴她：「東西都是可以吃的嘛。」

白莎一把撕掉籃外黃色的玻璃紙，開始拖出裡面的水果、糖果，各種堅果罐頭、果醬罐頭。

「不要在這裡拿出來，」我告訴她，「這些都是你的。」

白莎不斷忙著向外拿。

我說：「我不吃這種東西，最後還不是丟掉。」

白莎還在忙。

「所有付的錢就真變浪費了，」我說：「水果都很新鮮。怪不得比較貴。糖果嘛——」

白莎嘆了一口長氣，把籃子裡墊底的一堆紙屑拿出來摔地下，把水果、糖果放回空籃子裡去，提了籃子，走出我的艙房。

「唐諾，」她說：「你知道我不喜歡糟蹋東西，你既然付了錢，我就吃了它。」

「送掉也可以呀。」我告訴她。

「送給誰？」

「隨便什麼看起來餓肚子的人。」

「船上什麼人也不會餓肚子，」她說：「再說世界上沒有值得我白送廿四元一角七分東西的人。」

「丹佛警局的那個人也許可以，」我說：「叫凌艾佳的，送他點吃的東西套點交情。」

白莎理都不理我，把大籃子從地上拖了回去。

第五章　甲板之狼

我故意晚了一點下樓進餐廳。侍者領我去一個六人餐桌，四位乘客已先我而到。海上航行的旅客，在開始數小時內，多半有點忸怩拘束。他們希望交新的朋友，但不知如何進行。每個人保留了一點，希望別人先開始。

「晚安，」我說著自己坐了下來，「我姓賴。我想我們幾個會有好幾天在一起吃飯。」

雷璐瑪是我左側的紅頭髮，靈活淘氣的藍眼女郎。大概二十七歲。看起來聽過各種問題，知道大多的答案。

我右邊另有一位女郎自稱姓衣，叫衣斐絲，是個金髮碧眼不易估計年齡的女性。一眼望上去，每個人都會承認上帝設計這種女性目的是要使男人心跳加快的。但是她保持自己兩眼低垂，十分嫻靜。說話聲音又輕又柔，想聽她說什麼，還真要花點力氣。

坐我正對面的是位叫薛西迺的男士。他很明顯是十八開黃銅。是張三元面額的鈔票。是個如「真」包換的假貨。

我想，坐在他右側的年輕女人費洛嬋，可能是本桌第一個到場的人。西迺第二個到，自然坐在她身旁。她是稍多了一點點油肉，大概三十歲，友善又好心派的女郎，稍稍放浪的眼睛已有明顯的皺紋。

不多久，我們這一桌最後一位客人凌艾佳到臨。

他是個不太說話，瘦長有力的男人，大概四十左右。他額骨高，眼光銳利，穿了套灰西服，灰領帶。他看上去儘可能使自己不受注目，但是因為過於注重的嘗試，反使他特別的引人注目。

我一看他出現，就知道他被安排在這一桌是運用了勢力，故意安排的。好的管事沒理由把他安排到這一桌，除非小費的影響或是權勢的壓力。

說到今天我在玩的遊戲，實在沒有比目前的安排更千金難買了。姓薛的那傢伙是急性的狼相，我什麼也不必做，只要坐定在那裡，由他來推進一切步驟。

他占了大部分的說話時間，吹噓著他背景、他旅遊的知識。沒有人問他靠什麼維生，他也沒有自動提供此項情報。他表現出典型寵壞了的富家子弟樣子。我再看他一眼，我又懷疑這些是不是一種掩飾，幕後另有作用。掩飾什麼呢？一場豪賭的牽線人，或是色情行業的皮條客。我的結論是薛西迺一定會在航程結束前露出尾巴，成為一個人家討厭的人。

警探凌艾佳用眼睛來瞭解周圍的一切。只要有人說話，他就把他灰色的眼睛抬起，而後又下視到自己的碟子中去。有時他不在意地笑一笑。整餐晚飯他沒說到十個字。

飯後，大家到甲板上散了一下步，但是由於晚風相當寒冷，暴露在甲板不是太舒服。

大部分旅客不知在甲板上做什麼好，尤其整整一天忙於整行李，接待送客，大家有點累了，每來一陣冷風，甲板上人就少一點。最後人群溶掉似的都散了。

我決定白莎所謂雷瑙瑪會把我鎖起來，使別人不再獵取我的理論，是百分之百錯誤的。

侍者侍候整個餐廳的旅客非常有訓練，使大家能在同時用完離開餐廳。但是瑙瑪事先宣佈她尚須把行李打開，準備在甲板上稍逛一圈就要回艙睡覺。

我在甲板上虛擲了不少時間，等候她出現。冷風凍得我無法忍受，我就回到艙房，把暖氣調高到很舒服的程度，坐下來看書。

白莎在九點鐘重重地敲我艙門。

「進來。」我邀請道。

白莎大步進來，把門關閉。

「你死在這裡幹什麼？」

「看書。」

「你的眼睛應該是黏在瑙瑪身上的。」

「是你說該由她來主動的。」我說。

「你希望她怎麼做法？」白莎說：「到你門口來，把鉸鏈拿掉，抓住你領子拖到她房間，在你背上貼張非賣品標示？」

我厭煩地說：「我一切照你說的去做。老實說，我並不感覺她對我有什麼興趣。」

白莎說：「聰明的女人不是這樣明顯的。」

「你怎麼會覺得她會有興趣？」

「你走出去，好好看看這隻笨船。」白莎說：「所有人到群島去的目的是玩。船上有薪水較高的女秘書，積了幾年的薪水，為的是乘船玩一次。有年輕的寡婦。你可看到一些結了婚的女人，她們先生整天被別人牽了鼻子在磨麥子，送太太出來度假。你見到一些步進七十歲的人，突然發現與其死了讓政府抽遺產稅，不如自己玩一玩。

「你看，所有的女人都在找合格的男士，船上又有多少男士是合格的？」

我繼續裝愣。

「別傻了，」白莎說：「年輕男人從大學出來，服完兵役，想建立自己的事業，他們沒有錢乘這種豪華航線來回三個禮拜去玩火奴魯魯。可能有一兩個有錢小子，但是也可能是旅行推銷員假裝的有錢小子。女人在這種船上希望有人在周圍討好。她們需要有舞伴。她們需要男人隨侍著在甲板上逛逛炫耀一下。」

「我看有一位叫薛西酒的男人配她正合適。」我說。

「合適個頭，你要再不上去，她自然只好自找了。」

「你說她現在在甲板上？」

「正在無聊。」白莎說。

「她說過還沒有打開行李，要在甲板上逛一圈，回艙房睡覺。」

「好呀！笨蛋，」白莎說：「她告訴你她要在哪裡，她現在不是在那裡嗎？去，快點走！到甲板上去，至少要給她個機會呀。」

我拿起一頂便帽，關上燈，走上甲板。

沒有見到雷瑙瑪。薛西迺陪了三位女士在甲板上散步——費洛嬋、衣斐絲和一位我未見過的。他們都很愉快。

我本想再回艙，但是決定再完整地走一圈。

這時我看到一個穿了皮毛大衣縮成一團的人形，站在陰影處。

我又仔細看一眼，是雷瑙瑪。

「你好像躲在這裡。」我說。

她笑道：「躲躲風，吸點新鮮空氣，睡起來會好一點。」

「把衣服都拿出來掛起來，過不幾天又要收回去，也夠累人的。」我先說點空虛的閒話，建立一點熟悉的基礎。

「這倒是實情。」

「你還是像躲在這裡。」

「就算是吧。」

我抬起眉毛。

「躲狼。」她說。

那四個人又從甲板那邊散步過來。船的搖動給薛西酒極好機會，他可以蹣跚地碰到女人們，伸出一隻有力的手扶住她們的腰，縮回來的時候，不著意地滑過她們臀部。

「動作滿快，不浪費時間。」我評估說。

她點點頭，想說什麼又改變主意。

不少年長一點的又回到甲板來。有二、三對夫婦。有四、五個女人，都在三十左右年齡，不是為了新鮮空氣，只是要把船和乘客好好看一下。

突然，瑙瑪說：「我空氣夠了。我要早點上床。晚安，賴先生。」

「晚安。」我說。

她走向進船艙的門，我替她把門拉開。

「還想要再多吸點新鮮空氣嗎？」她說。

我突然改變我的初衷說：「不，我也要進去了。」

「明天見。」她說，給了個友誼的笑容。

我走回自己的甲區。

白莎把她的艙房門開著。所以我走過去的時候她可以看到我，叫我走進她的艙房。

「有成績嗎？」她問。

我搖搖頭。

「沒有找到她？」白莎問。

「找是找到了，」我說：「她把自己包在一件毛皮大衣裡，站在不易看到的暗處。」

「但是你看到她了？」

「我看到她了，」我說：「我想是因為她移動一下還是什麼的。她的大衣顏色很深，不容易看到她。」

「一個人？」白莎問。

我點點頭。

「你停下來和她說話了？」

「是的。」

「她說些什麼？」

「說她要回房了。」我告訴白莎。

「還有別的沒有？」

「我告訴她，她像在躲什麼，她說，是的，在躲狼。」

「指那個急色鬼？帶了三個雌貨在甲板上亮相，一有機會就朝人家臀部亂摸的？」

「當然指他。」

「老天！他夾在當中搗鬼。這些人會暫時跟他混一段時間，因為沒有人在競爭。唐諾，除非這些女孩子向你進攻。你現在處理得不錯。瑙瑪也玩得很高明。」

「瑙瑪什麼也不在玩，」我說：「她只是要一點新鮮空氣。我一出現，她就說累了，要進艙了。」

「你替她把那通甲板的重門打開了？替她拉著門等她進來？」

我點點頭。

白莎笑了，聰明、神秘地笑著。

她說：「你做得滿好。」

我回到自己艙房，有十分鐘到十五分鐘始終分心於西迺和這三個女郎會有什麼變化。也好奇得不能做任何事。

我又回到甲板上。差不多所有人都離開了。只有薛西迺和那三個女郎仍在兜圈子。

費洛嬋是在外側的一個。當她見到我，立即說道：「也許我們可以說服賴先生參加我們。賴先生，來不來，我們準備走一英里路。」

她拋棄了四人並肩的陣式，向我伸出一隻手。

我握住她手，把她手向我手臂上一掛。

西迺轉頭看我一眼，非常不歡迎的眼神。然後全力於討好另外兩位女郎。現在只要船一搖晃，他就把兩隻手各放在兩位女郎的腰部，船航正常時就收回。

我注意到在他左側的女郎，對他自來熟的態度顯然不十分高興，但是在他右側的衣斐絲顯然不在乎這些。她看起來端莊嫻淑，某種態度使西迺相信她不會拒斥他。他也決定要占這一點便宜。

費洛嬋帶了我在甲板上轉了兩圈，她說：「差不多了。賴先生，我今天的一英里走到了。我的工作做完了。再見。」

她突然放手，走向那扇重門，用她體重用力的推。

「讓我來。」我說。

我把門拉開，她一下走進去。

「再見，」她說，雙眼向我笑著，「明天見。」

我不知道她是借我作為逃避西洒的藉口，還是她真正的已經走了一英里了。我也決定對重返甲板的事不向白莎提起。

第六章　勒索

在早上的船上，旅客可以彼此互道早安，也可以和站在欄杆相鄰的陌生人自我介紹。這一些，在現代生活的都市裡已逐漸不太見到，往往相鄰很久，早晚各做各的事情，彼此不相往來。

由於船上情況不同，旅客的反應也不同。有的自以為高高在上，不喜歡別人和他說話。這種人擺出一副態勢，一經接觸立即會為人知道。另一些人急於要認識大家，或希望大家認識他，不須人們開口，他自會主動過來接觸。

有一些人是第一次從每天沉重的常規工作中溜出來。他們希望交一些不平凡，沒有目的，沒有利害關係的朋友。有些人真希望享受一下航海樂趣，當然也不在乎多認識一些人，只是不善於主動。其他大部分的人都是正常的多數人，他們喜歡的是性格相似，好惡相似的朋友。但這一類朋友在家中已經太多，即使船上認識了，下船也各走各路了。

總之，船上的第一天，就是如此這般在熟悉船的設施，及互探彼此人格和人性下糊裡糊塗，緊張忙碌地過去了。

第二天稍有不同。平日生活的忙碌因為離岸漸遠而沖淡。人們把自己也已分類，每人找自己合宜的朋友，漸漸小團體自然形成。

冷眼旁觀各人的做法是十分好玩的。薛西酒在第一個船上的早晨就被人打了幾次回票，碰了幾個軟釘子。到了下午，當這些女郎們看過了船上的可能性之後，薛西酒的行情又看高起來。第二天下午的時候，薛西酒又像一隻尾巴著火的馬一樣。

雷瑙瑪，繼續躲避著他。為了躲避西酒，她漸漸地要多利用我一點。

「我受不了他，」她告訴我說：「他是個急色鬼沒有錯。」

柯白莎說起來更清楚：「你看這傢伙一個個淘汰她們。」

「怎麼會？」

「你看他，他會選個女郎，快速進展。她整個船上一看也發現他是最有條件的。他要享受航行的樂趣，就對她招招手。他們會如膠似漆相處一段時間，然後她會回到她的蚌殼裡去，他會像熱山芋一樣趕快把她脫手。

「然後他可以再找另一位他漸漸熟悉的女郎，他腦筋中已把她們排了名次了。」

我笑著說：「我倒沒有想到這樣的。」

「你要是個女人，就會這樣想。」白莎看不起我地說：「每個女人的眼睛都在看這個黏著他的那個文靜金髮女郎。她的臉部表情說明她是不懂世事的甜姐兒。她的曲線說她是成熟女人。西酒認為她是第一目標。」

白莎不希望別人看到她在和我說話，說完就走，離開我附近。為了減少自己被船晃動，她常讓自己躺下來，每分鐘都在詛咒這條該死的船。

畢帝聞安置了一張帆布椅在船上有陽光的一角。他還叫僕役給他準備了一條毛毯，稍有點冷風就給他下半身蓋起。他也安排了一張椅子給柯白莎，他希望柯白莎能隨時陪著他。

柯白莎另有主意。

畢帝聞會向我訴說，對白莎有點失望，但是我保持我們的約定，我不能和他太接近——只是普通，船上相遇的友情而已。

我坐在為白莎而設的空椅子上說：「早安，畢先生，你今天好嗎？」

「我在痛。」

「真糟。」

「船的搖動有時使我失去平衡，萬一撞到什麼地方，就等於在打一顆痛的牙。」

「真是不幸。」

「你對雷瑙瑪進行得如何了？」

「還可以，有的時候和她聊聊。」

「她好像常和你在一起。」

「她在躲那隻狼，拿我當護身符。」我說。

「原來如此。」他乾澀地說，又看著我說：「你好像對女人滿有一套。」

「你這樣說？」我驚奇地問。

「我這樣說。」

「我倒是第一次聽到人家這樣批評我。」

「我要是真知道原因才怪。」畢帝聞說：「你又不高，又不帥，你沒有上帝專為女人造的體型，你也不跟在她們後面猛追。但是不知什麼原因，我看她們是在追你。」

「你把我弄錯了。」我告訴他。

「沒有，我沒有把你弄錯。有一件事我要你瞭解，小蕾是行動不易預測的女性。我想不到她下一步會做什麼，我不希望有什麼麻煩。」

「你什麼意思呢？」

「我不要情況複雜化。」

「什麼叫複雜化？」

「就是我不要——我想最好你讓白莎去認識她，讓她對白莎產生信心。你只是在場幫助白莎。」

「這正是我知道你希望進行的方法。」我告訴他。

「你知道就好。」他說完用他顫抖的嘆聲把頭靠向椅背。

我站起來，沿了甲板散步。

我走到我自己的椅子，坐下。過不多久，雷瑙瑪走過來，輕輕的滑進了我旁邊的椅子。

「希望你不介意，唐諾。」

「什麼？」

「我賄賂了甲板僕役。」

「為什麼？」

「把我的椅子放在你的邊上。還要你幫個忙，每次要是西迺出現的話，我希望你能全神地看著我，還要很有興趣地聽我在說什麼。」

「你會說些什麼呢？」

「隨便說，」她告訴我，「也許很低聲的談談氣候。也可能問你早餐吃了些什麼。反正西迺出來活動的時候，我們兩個最好彼此全神貫注在一起。」

「你不喜歡他，是嗎？」我問。

「喜歡他！」她說：「每次他和我說話，我會起雞皮疙瘩。我恨不能把他丟到海裡去。」

在背地裡，丹佛的警察凌艾佳，總是小心翼翼，偷偷摸摸工作著。像是一隻老鼠，總是在燈暗人息之後出來走動一樣。

他會在不在意時出現在甲板上，酒吧裡。他會在有電腦遊戲、賓果遊戲或放電影時站在進出口。他好像無所不在，而且總在戰略位置，注視著，觀察著，靜聽著。

由於他沉著的個性，他也有許多成績。人們對他都特別有信心。他只要把眉毛抬一抬，人們都恨不能把心中知道的全告訴他。

就如此，這艘豪華的郵船在太平洋的藍色海水中不斷鼓浪前進。第三天起氣候完全改變，溫和的熱帶熏風代替了刺骨的寒風。太陽變得無情了，游泳池開放，而且擠滿了人。女郎們穿了泳裝在日光甲板上想把自己曬黑。

旅客們彼此已相當熟悉。餐廳中永遠響著每個旅客無意義絮絮不休之聲。酒吧間在飯前特別擁擠，飯後就另有一番討論，無非是稅金、政治及新聞。

船上休閒的指導每次航程都辦一次草裙舞的教學班。令人驚異的是竟有那麼多女人想學真正的夏威夷草裙舞。剛開始站在滿屋子的人前面總是忸怩一點。但是音樂響起後，女孩都能在導師鼓勵下自動的擺動，不多久就陶醉在這種迷人的節拍裡了。

當這些女人發現夏威夷舞的真義不單是隨著音樂即席地的身體擺動，而是原始民俗對大自然的禮讚，用身體的動作來描繪出來——天上的彩虹、合宜的雨量、足夠的陽光、農作物的波動、永不休止有韻律的海潮——她們就學得更為起勁。開始原本插科打諢的居然也認真學習起來。

教學班一共只有兩個小時，結束時真不能相信有那麼多女人已經能像模像樣的跳這種舞蹈，使大家對即將前往的熱帶島嶼又增加了一分熱誠。

薛西酒仍在玩他自己的把戲，他的「後宮」已增加到四、五個女孩子了。這些都是他認為合乎伴侶條件的。

突然，一個晚上，雷瑙瑪不再在我旁邊的椅子上出現。只見她陪著薛西迺炫耀地在甲板上散步。她看著他的眼，全神地聽他說的話，仔細體味著他低級的雙關語和他老掉牙傷風敗俗的故事。

白莎把自己的肥軀拖曳到我邊上的椅子上。

「你做了什麼，唐諾？出了什麼差錯。」

「什麼？」我問。

「眼睛不要睜那麼大？你對那女孩做了什麼？」

「哪個女孩？」

「當然是雷瑙瑪。」

「沒做什麼。」

「那一定是你想對她做什麼。」

「也沒有。」

「渾蛋，」白莎說：「這不是對付女孩子的方法。你要不斷讓她們感到她們在防禦什麼。你雖不要太努力於攻擊，但一定要讓她們知道你在攻擊，你有活力，你有人性，是她們使你產生勇氣。快點，出去想點辦法，打倒這隻色狼。」

「白莎，我開始覺得這是個錯誤的策略。」

「你又以為不對，」白莎說：「你對女人知道什麼？」

「什麼也不知道。」

白莎說：「薛西迺攻擊性太大了。每個人都知道他追求的是什麼。你又太溫了。你的人在看能不能使你嫉妒，引起你的活力來。可能你對她一直像個有道高僧。

「我要你馬上起來，走動走動，把眼睛盯著雷瑙瑪。只要她一離開那姓薛的，趕快把她搶回來。」

白莎把自己用手自椅中撐起，在搖擺的甲板上走開，她兩個肩頭憤慨地向後僵直著，嘴巴抿成一條線。

我坐在椅子上沒有移動。

夜晚又是溫暖又有月光。雷瑙瑪坐到我旁邊椅子來的時候，我正癡望著水波上的月亮反光。

「什麼事？」

「要個建議。」

「請說。」

「我有麻煩了。」

我轉頭，把眉毛抬起。

「不是你想的那種麻煩。」她說。

「是什麼？」

「有人勒索我。」

「憑什麼？」

「憑幾封信。」

「哪一種信？」

「不是我喜歡在法庭裡公開讀出來的那一種信。」

「你難道不知道哪一種信不可以寫嗎？」

「我現在知道了，以前不知道。」

「勒索你的是什麼人？」

「我們兩個都認識的好朋友。」她憎恨地說。

「你不會是指薛西迺吧？」

她點頭表示是他。

「我還以為你突然對他發生興趣了。」我說。

「我發現情況後假裝和他接近，我不知道他要什麼。」

「他要什麼？」

她聳聳肩。

「你什麼時候知道信在他那裡？」我問。

「今天早上。」

「上船之前你認識他嗎？」

她搖搖頭。

「你一點也不知道他為的是什麼？」

「小麥色又漂亮的肉體，假如你一定要問，但是這不是他唯一要的東西。」

「真是小麥色的嗎？」

「你的意思是你沒有在游泳池邊上看到我穿比基尼泳裝的樣子？」

「我想我錯過機會了，我在看書。」

她嘆氣說：「你要不是理想的人，就是呆子。我倒希望你有空來看看。」

「我不喜歡船上小裡小氣的池子。」

「但有別的景緻呀。」

「是的，當然。你剛才說勒索？」

「是的。」

「那麼他告訴你，你應該把信買回去？」

「差不多如此。」

「但是他沒有定個價格？」

「沒有。」

「他只不過引你出頭，價格後定？」

「大概如此。」

「我不能給你較好的建議。」

「我想你可以的。」

「怎麼會這樣想呢？」

「因為你給我的印象是那種——這樣說吧，有腦筋，知道怎麼辦那一類的。你靠什麼維生的，唐諾？」

「你會不相信。」我說。

「律師？」她問。

「不算是。」

「什麼意思？」她問。

「什麼意思也沒有。」我答。

她很生氣地看著我。

我說：「你不妨讓我問幾個問題。你什麼時候決定要去火奴魯魯？」

「不久之前。」

我說：「海上天堂是要幾個月之前預定的。」

「我知道，但是總有臨時取消的。」

「連取消都要有候補名單的。」

「我知道旅行社都早就吃好幾個空缺，補自己人的。」

「又如何呢？」

她說：「反正我弄到了船票。」

「你去火奴魯魯做什麼？」

「你能保密嗎？」

「我不知道。」

她說：「我去拜訪一個朋友。」

「男的還是女的？」

「女的。」

「認識她多久了？」

「幾年了。她是好人，她有困難了。」

「什麼樣的困難？」

「我不想討論她的困難。我只討論我的困難。」

「你們兩個人的困難有關聯嗎？」

「你怎麼會這樣想，唐諾？」

我說：「讓我們從客觀的方向來看這件事，你直到最近才知道你要去火奴魯魯？」

她點頭說：「是的。」

「你以前曾寫過幾封信，寫給誰的？」

「我不想指名道姓。」

「一個已婚男人？」

「是的。」

「他的太太想要這些信？」

「他的太太要剝光他每一分錢。她不擇手段地在做。」

「信在薛西迺那裡？」

「他說信在他手裡。」

「哪裡？」

「他拿得到的地方，會收到的地方。」

「你不喜歡他？」

「我嫌惡他，恨他。」

「你什麼時候知道信在他那裡？」

「今天早上。」

「這是他第一次告訴你的？」

「是的。」

我說：「你聽著，他有這些信，他知道你要乘船去火奴魯魯，他也乘這條船來和你接觸，聽起來不太合理。」

「什麼地方不合理？」

「去火奴魯魯要花他不少錢，也要花他很多時間，假如你真那麼急著要買回這些信，他只要給你發封信，你自會去找他的。

「現在，你還要我相信他故意上船，目的是找你聯絡可以勒索你？要我相信他等了三天才第一次向你提出？這些都是不合理的地方。」

「但是，事實就如此發生的。」

我說：「那就只有一種可能性。」

「什麼可能性？」

「他要勒索你的，是要你在火奴魯魯付的。」

「是的，沒有錯。」

「而且不是錢，是別的東西，是嗎？」

「他還沒有定好價格！」

「看來和你要去拜訪的朋友有關。」

她說：「我最好不要討論我朋友的事。」

我說：「你既然要我提供建議，你就應該把全部的事實告訴我。」

「就算你是全部對的。」

「我要知道到底我是不是對的。」

「好吧！」她突然衝動地說：「我想你是對的。」

「他要什麼？」

「我想他要和我朋友有關的東西，木蜜蕾！」

「什麼東西？」

「唐諾，我不知道。我連想都不敢想。這件事——我知道聽起來好像我不肯告訴你。但是——無論如何，我也不會去做的。」

「木蜜蕾是什麼人？」我問。

「她是個年輕的俏寡婦。」

「你去火奴魯魯看她？」

「是的。」

「為什麼？」

「因為她寂寞，需要伴侶。」

「還有其他原因嗎？」

瑙瑪搖搖頭。

我說：「隨便什麼時候，你想告訴我真的故事，我都在聽著。」

「我不能告訴你故事，唐諾。但是我想要你的建議。」

「不瞭解事實，亂出主意，會把事情弄得更糟的。」

她坐在那裡不說話有兩分鐘之久。突然她轉向我。「唐諾，」她說：「你有沒有注意到一個五十歲左右瘦小的男人，每次氣候不好都把自己包得很小心的？經常坐在甲區一角的甲板上。」

「他又怎麼啦？」

她說：「他的名字是畢帝聞，從丹佛來。他是木蜜蕾亡夫的合夥人。在木先生的遺囑裡，畢先生是小蕾所得遺產的託管人。」

「你認識他？」

「我不認識他，我從小蕾的信中知道他。」

「他知道你？」

「我不知道，我希望曉得他知不知道我。我曾試探過他對我有沒有印象，他不是喜歡說話那一種人。他有風濕症，他非常內向。另外有一個女乘客，叫柯太太的，有時和他說說話。你見過她，我看見你和她談過話。」

「姓柯？」我努力地想著。

「大概五十歲，寬肩膀——這樣形容好了，你一定記得，一大袋洋山芋，長了兩隻小腳。」

「噢，是的。」我說。

「畢先生去夏威夷為的是去保護小蕾。」她說：「小蕾不要他到火奴魯魯去，她只要他寄錢幫她渡過難關。

「而現在這個該死的姓薛的要我聽他的話。我真希望知道他要做什麼。擔心死了。」

「可能他只要你小麥色的身體。」

「那是絕對不錯的，」她說：「每個曬成小麥色的身體他都要。」

「但是他不肯把信還給你？」

「當然不。他還要別的東西。他要我聽他話，照他意思做事。」

「你要不要我做什麼？」

「給我點建議。」

我說：「你可以告訴薛西迺滾到一邊去。」

「他有我那些信。」

「他不會利用這些信。」

「你怎會認為他不會利用？他是非常不講信譽的。」

「他一旦利用這些信，對自己有什麼好處？」

她猶豫了一下：「他可以把信賣給那太太。」

「那丈夫很有錢嗎？」

「有幾千元錢。」

「太太想全部要？」

「是的。」

「假使西迺要把信出售給她，他早就可以如此做了。大可不必自己找那麼多麻煩，還要花錢到這條船來見你。

「再說，假如他只想勒索你，他會在你出航前給你一封信，叫你去看他。

「絕對是在這後面另有陰謀。而最好的發現方法是嗤之以鼻，啐到他臉上，告訴他滾一邊去，他愛怎麼處理這些信，就怎麼處理。」

她仔細地又想了想：「我想你是對的，唐諾。」

「那些信，對你損害很大？」

「對我沒什麼。對那男的。」

「那跟你有什麼相干？」

「我希望對他公平一點，如此而已。那太太也許會把我拖進去，但是我可以忍受，沒問題。我只是想對我朋友公平點而已。」

我說：「我講了你就明白了。薛西迺如果想從這些信件弄點錢的話，他會去找你的男朋友，找你男朋友的太太，最後才想到你。三個人中你是最沒油水，而且弄僵的話最不在乎的一個人。所以這件事說不通。」

她點頭說：「是的。」

「所以，你另外有他要的東西。是什麼呢？」

「沒有什麼值得專程跑一次火奴魯魯的——至少現在不知有什麼他要的。」

「那告訴他滾一邊去，強迫他早一點露出尾巴來。」

「謝謝你，唐諾。我現在好多了。」

「你為什麼會來找我的？」我問。

「因為我想要建議。」

「怎麼想到我會給你建議？」

「因為我想你有些腦筋。唐諾。你一定會笑我。」

「為什麼？」

「那些信。你一定想我是個衝動、行為不檢的壞女人。」

「你只是有人性而已。」

她熱誠地看著我，「是的，我是有人性。」她低聲地說：「我對你非常感激。」

「我沒有替你做什麼呀！」我告訴她：「目前還沒有。」

「唐諾，你很可愛。」她衝動地說。突然湊向前，重重地吻在我唇上。

這時，白莎正希望把她吃下去的卡路里走走掉。從偏僻的一隅走出來，開始她一英里的散步。

第七章　海上的最後一天

這是海上的最後一天了。「不再有什麼興奮」的氣氛瀰漫全船。參加過夏威夷舞訓練的人，經過幾天自由練習，各種年齡、各種體型的女士準備參加一次表演性的考試，而後每人可以拿一張證書。在溫暖的太陽下，游泳池旁，有一個滿熱鬧的集會。

在行李間的行李和箱子都被送進各人的艙房。大家都開始整理行裝。彼此說話都很匆忙、交換著通信地址和忙著照相。

熱帶的魔力全表現在它溫暖芳香的空氣裡。海洋也是懶洋洋，清澄見底，只有低低有規律的微波。很多飛魚，一條條自海水中竄起，在空中向前不少距離，再鑽回水裡去。

船尾，一隻黑腳的假信天翁在一條看不見的線牽引之下，忽而滑行，忽而潛泳。一群喜歡在下午打水上活動靶的人聚集在船尾。

薛西酒走過我身邊，用一種全新的好奇心看我，好像是第一次見到我。雷瑙瑪不太出現。只有一次她在甲板上，西酒走過去想和她說話，她瞄了他一下，理也不理地走開。

我低下頭在看美麗的海水。白莎走到我身旁，靠著船的扶欄。

「你這小雜種。」她用她特有的方式讚賞我。

我轉頭，抬起眉毛給她一個無聲的問號。

「假裝沒有什麼進展，」她說：「老天，那女孩差點沒把整個身子湊給你。我告訴過你，照我辦法做不會有錯。」

我說：「白莎，你和我們客戶畢帝聞先生之間，有沒有彼此對一切條件十分清楚？」

「你什麼意思？」

「只是弄清楚到底我們要做什麼？」

「我們要保護木蜜蕾。」

「在哪一方面保護她？」

「保護她不受任何騷擾。」

「如此而已？」

「如此而已。老天，我的腳真痛。我本來沒有準備用我的腳和腳踝來支持我一百六十五磅體重的。」

「那些水果和糖果後來怎麼啦？」

白莎嘆氣說：「我老了。我把糖果送掉了一些。」

「送給什麼人了？」

「女服務生。」

「水果呢？」

「我吃了——大部分。」

「你滿行的嘛！」

「你下次再搞這種名堂，我把你皮剝掉。」白莎警告說：「還要叫你自己幫著剝。」

「目前，」我告訴她，「我們還不能太接近。我已經聽到有人說起，我上船之前一定認識你了。」

「我不相信！」她說。

我鬱鬱不樂地點點頭。

「為什麼提起這件案子裡，我們的責任？」

「因為明天我們要上岸了，要開始工作了。」

「唐諾，瑙瑪告訴你些什麼？」

「沒有呀。」

我伸伸手腳，打了個呵欠。

「你這個混蛋雜種，你一定知道什麼不肯告訴我。」白莎生氣得有點冒煙。

「我要什麼都不知道的話，會被別人騙死掉。」我告訴她，自顧自走開，讓她一個人留在那裡恨得猛抓欄杆。

第八章 身分曝光

拂曉來臨，我第一個爬上甲板。

船前，我可以看到麥卡普岬上的燈光，也漸漸看到火奴魯魯市所在地，夏威夷群島中第三大島——歐胡島，在眼前現形。

僕役開始在甲板上放上桌子，搬出自助早餐，各種果汁、咖啡、麵包、丹麥餡餅、熱的鬆蛋餅。我們經過可可山、鑽石頭，進入珊瑚礁裡的航道，導航船自海岸過來。接客者紛紛上船，帶來了大量的夏威夷花圈。

某一部分特別的乘客，被正式的接待，紅、黃、白、紫色的花圈圍滿了脖子。

全船到處有點迷亂的匆忙。在夏威夷皇家樂隊，及夏威夷大合唱團的嘈雜聲中，大郵船順利地靠向碼頭。

我想辦法使自己在木蜜蕾迎上船來的時候，站在雷瑙瑪的身旁。

木蜜蕾是個渾身發亮的金髮碧眼女郎。她有引人注目的腿，十分好的曲線，白潔的牙齒，會笑的眼睛。

看看她，實在覺得她不應該有一點點的不如意。

她擁抱住雷瑙瑪，給她戴上一個花圈。正在吻她的時候，畢先生小心地自人群中擠過來，儘量不使自己被碰到，但是願意忍受點痛苦，為了早點見到蜜蕾，慢慢接近了正在快聲互訴別情的兩個女人，他叫說：「小蕾。」

他聲音中充滿了關心，雀躍。

她轉向他：「帝聞，你這個親愛的小老頭！」她說：「你老好人，你為什麼不早點告訴我要來！不過我還是高興你來了。」

「我要使你驚奇一下。」他說，向前走向她，完全無視於船上其他人的存在。

她吻他一下，畢帝聞試著用兩隻手去擁抱她，手杖一下落在地上。

小蕾憐憫地輕扶他一下，替他撿起手杖，交還給他，對瑙瑪說：「你們兩個一條船來，應該認識了吧？瑙瑪，這是我的託管人——畢帝聞。畢先生，這位是我最好的閨友，瑙瑪。」

「你可沒有告訴我，她也要來呀！」

木蜜蕾說：「帝聞，你的事情太多了。我不要在那麼許多錢的問題之外，再叫你為我朋友操心。」

瑙瑪轉身，看到了我的眼睛。她向我示意，對蜜蕾說：「蜜蕾，我要你見見賴唐諾，唐諾一直對我好極了。」

木蜜蕾仔細地看了我一下，微笑著，伸出她的手。

「哈囉，賴唐諾。」

我看向她碧色微笑的眼睛，心中十分來電。

「哈囉。」我說。

「你見過畢先生嗎？」她問。

「我們在船上見過。」

畢先生說：「這裡有位我的朋友，小蕾，我希望你能認識柯太太。」

他介紹柯白莎和木蜜蕾正式認識。

我說：「我和柯太太在船上已見過了。」

一位當地電台的男士上了船。帶了一個麥克風，後面拖了一條很長的電線。我離開我們這一群，跟到他後面。

他手裡有一張他要訪問的名單，甲板上的僕役在他身旁協助著指認工作。

有一位工業家接受了訪問，說了他來此的目的，另外點綴了一點他對世界局勢的看法。然後記者突然對著麥克風說道：「這裡今天另外有一位大家有興趣的訪客——丹佛警察總局的警探凌艾佳，凌警探。凌先生，請問什麼風把你吹到火奴魯魯來了？」

完全無備的凌警探在驚愕之下看了記者一眼，說道：「我不知道——這怎麼會——我認為你訪問的只是旅客。」

「是呀！是訪問旅客，」記者說：「凌先生，你是哪一類的旅客？」

「覺得這次旅行很好的旅客。」凌先生不得已地回答。

「請問你想在這裡待多久？」

凌先生猶豫了一下，想到反正消息是漏出去了。把自己鎮靜下來，對著麥克風說：「還不能預定。當我離開夏威夷的時候，我希望能帶回一個謀殺犯去。我是公事來的。我知道有一件丹佛的謀殺案，兇手目前在夏威夷。」

圍著記者在聽訪問的旅客，一下全部靜了下來。

大吃一驚反而目瞪口呆的記者，遲疑地說：「能不能請你——把這件兇案再描述一下，凌先生？」

「我只能告訴你，」凌先生說：「兇手認為做得乾淨俐落。我可以向這犯人保證絕對沒有那麼便宜。我們知道很多他想不到的事。」

「那謀殺人的先生知道你會來這裡嗎？」

「誰說兇手是個先生？」凌先生問。

「這樣呀？我猜的。通常都是男人殺人的多。你的意思是你來捉的是女兇手囉？」

「可能。」凌先生說。

「先生，說了半天你還沒有給我們多少消息呀。」

「我把全部都告訴你們了。我來這裡是辦一件謀殺案，我準備住在這裡，直到兇手就擒為止。」

記者準備結束對他的訪問，他把麥克風放自己的唇邊說：「真高興看到你很有信心，凌先生。說到謀殺，我提醒大家各位，今天我們節目的提供者，用這樣低於成本的價格，在賣他的存貨，和跳樓價差不多……」

他在背他的廣告詞，和準備找別的人訪問。

我把一個僕役拉到邊上問說：「凌先生對這次的採訪，好像感到十分意外？」

「我問他能不能接受一個記者的訪問，他認為是問問乘客對那船航行的意見。他顯然不知道記者已瞭解他身分，知道他是丹佛的警探。」

我拿出十元現鈔說：「你想你能不能打聽出凌先生怎麼會被選上為訪問對象的？」

僕役看著這十元錢說：「我想我能。」

我把十元交給他。他把它疊起來放進口袋，笑著說：「應該說是我促成的。有人告訴我，凌先生是個多姿多采的人，他會對他有趣的職業及工作有所說明，收音機前的聽眾會喜歡的。」

「什麼人告訴你的？」

「薛西迺，」僕役說：「我要再見到薛先生，我自己也有些話要問他。」

我點點頭。

「還有什麼事嗎，先生？」僕役問。

「沒有了。」我說。

第九章　竊聽器

畢先生對我們這些人的旅館預定，全部控制在手，所以他要我們住哪裡，我們就住哪裡。

他要木蜜蕾繼續住在她已住著的夏威夷皇家。但是她還在距夏威夷皇家幾百公尺遠的威基基海灘邊保有一幢公寓。她要雷瑙瑪跟她一起住到她私人的公寓去。

畢帝聞把白莎放在夏威夷皇家，他自己也住那裡。他把我放在摩愛娜大飯店。

白莎在我們分手之前低聲告訴我：「我們的客戶，相當不高興。」

「為什麼？」

「他不喜歡小蕾的態度。他認為她是在給他玩把戲。她不肯把她的困難告訴他。只告訴他以後再談。」

「還有什麼？」

「他不要你萬事搶在前面。他認為木蜜蕾的資料，皆須經我轉手給你。」

「我無所謂，」我說：「只要你在收集資料的時候，這傢伙肯付我們兩個的出差費和報銷開支。等一切結束時，他就會知道花費不貲了。」

「那沒有關係，」白莎告訴我，「錢對他沒什麼意義。現在你儘管去游泳。滾得遠遠的，讓白莎找個機會，把小寡婦肚裡的事統統挖出來。看看她是什麼變的。」

「你認為要花你多少時間呢？」

「我怎麼會知道？」白莎生氣地說：「你說話口氣像是我客戶。反正有人付錢，我們慢慢來。」

「你會愛上火奴魯魯的。」我告訴她。

「我不喜歡這個地方，」白莎說：「戴了那麼多花圈我會窒息。」

「想想本土看，」我告訴她，「寒風猛吹，冷冷的雨打在辦公室的玻璃窗上，街道上整個都濕兮兮的，大家穿了雨衣往街車裡擠，每個地方黏黏的——」

「去你的。」白莎一揮手，走向一輛計程車。

我來到也十分豪華的摩愛娜大飯店，發現旅社的選擇與省錢無關。我的房間面向海，有大的窗戶可以看到威基基海灘的白沙，游泳的人潮，衝浪和滑水的戲水兒。遠處可以看到舷外裝有幫助浮水木架的獨木舟。

房間對我合適。我能隨遇而安。多少我有一個想法，在木蜜蕾能信任白莎之前尚須相當長一段時間。事實上我想不論她信任任何人，都會很長時間，除非是雷瑙瑪。

我在想，要是她們兩個在一起時，我能放一個錄音機在房裡那該有多好。接著我想起別人也可能會有這聰明的想法。

我試著想找薛西迺住在哪裡，但是無法找到。凌艾佳，我知道住在首富大飯店，因為他的行李是在那裡下的車。

我不斷在想木蜜蕾和雷瑙瑪目前在談些什麼，也在研究有沒有聰明人在她們房中裝了錄音設備。我假如是個勒索者，我是一定會去裝一個的。

但是，現在這件事不歸我處理，我也沒有理由插手。畢先生出大價錢僱我們工作，但是控制我們怎樣去工作。對我來說只要他肯付錢，他愛怎樣我都無所謂，反正結果不理想損失是他的。

我把箱子放在合適的位置，開始把東西都拿出來，心裡在想，不知白莎有沒有把我的游泳褲裝進行李帶來。

她有。

火奴魯魯的確相當熱，海灘看起來涼爽，最受大眾歡迎。我穿上游泳褲，來到海灘上，把自己泡進海水裡去。海水舒服得有如絲絨，開始時有一點點涼，足夠刺激身上的皮膚，過了一下，體溫適應後，海水就像在自己家中浴盆裡一樣。

我向外游出三四百碼，翻過身來在海水中泡了半個小時，嚐著讓海水透進皮膚裡的感覺。偶或來一下自由式，目的只是衝進下一個浪去，讓海水整個吞噬一下。最後我很盡興地回到了海灘上，又回進了耀眼的日光。

「你倒一點時間也不浪費。」有人說。

我抬頭，是木蜜蕾。

「哈囉，其他人哪裡去了？」我問。

「瑙瑪想躺一下。我試著拉她出來游泳，我告訴她海水很舒服，對她有好處，但是她堅持要休息。你還想游？」

「我想我要曬點太陽。」

她點點頭，在沙灘上坐下，指著身邊的地方叫我坐下。我舉手叫來一個沙灘男童，不多久我們就有了一頂大大的海灘傘。我們躺在海灘細白的沙上，好像是老朋友一樣。

我又從頭到腳看了她一下，非常欣賞我所看到的。

她的身材不論在哪裡參加選美都可以穩拿第一。白的皮膚曬成光亮的小麥色，有的女人急於曬黑自己恰失去了光澤，但小蕾不會。她是金髮碧眼一類，但皮膚竟能對日光有如此好的適應力，真是幸運。

她看我這種看她的方式，說道：「掉了什麼東西了？」

聲音中充滿懶洋洋善意的開玩笑。

「我對你的皮膚能曬成這樣美麗很感興趣。」

「如此而已！」

「尚還不止。」

「那還差不多，否則我會生氣。你覺得我曬得顏色不錯？」

「豈止不錯，簡直棒極了。」

「我是慢慢曬成的。我這種皮膚對日光過分敏感，我第一天才曬幾分鐘，第二天多曬幾分鐘。當然我還在用防曬油，這也使皮膚看起來油黑一點。」

「很好看。」我說。

她說：「習俗不容許天體生活，比基尼泳裝遮蓋的地方白得難看。有一天大家回歸大自然。全身才能曬成小麥色。」

「你來修改憲法，」我說：「我投你一票。」

「其實我穿不穿衣服沒什麼差別，」她說：「我知道我在沙灘走過，每個男人心裡都在想我是沒穿衣服的。」

「你不會剝奪他們這一點偷放在心中的愉快吧？」

「那倒不會這樣小氣，而且也管不了那麼許多。只是生氣未能使全身曬成麥色。」

我向她微笑。

她突然側身看我說：「瑙瑪說你是一個很體諒別人的人。」

「請你對瑙瑪說我謝謝她。」

「我根本不會告訴她我和你說過話。」

「不告訴她？」

她搖搖頭：「瑙瑪正在煩心得要死。」

「煩什麼心？」

「你知道的事。」

我不說話。

她說：「你認為瑙瑪應該怎樣做才正確？」

我說：「這要隨瑙瑪自己的意志。」

「你的建議是什麼？」

「我沒有建議。」

「你想那個男人志在什麼東西？」

我說：「男人要的東西可多。」我集中注意力看一位玩衝浪板的人，他一下到達了海浪的最高點，玩了幾個花式的扭轉，把身子側過來使衝浪板滑向右側，立即又改向左側，而後漂亮地像滑雪一樣直線沿水浪進行，姿勢真是極美。他一定是個選手，站在板上筆直，有氣派，完全平衡。

「臭味相投，是不是？」小蕾說。

我向她笑笑，她也向我笑笑。

「我還滿欣賞你的，我以後叫你唐諾。你可以叫我小蕾。你住在哪裡？」

「摩愛娜。」

「我每天這個時候都出來游泳。」她告訴我。

「我一眼就愛上這個海灘，」我說：「這裡條件太好了。」

她點點頭說：「你有沒有划過那種船邊上撐兩根竹竿出來的獨木船？」

我搖搖頭。

「那邊來了一艘，」她說：「他們把船儘量划出去到浪大的地方。選一個大的打向岸邊的浪，架著他衝回岸來，一定要划得很快，否則會被大浪吞沒掉，浪會把船舉起，順浪滑下。恰當的時候拚命划幾下，然後大家坐著享受衝浪的味道。老手只要划有限的幾下，就可以在浪背上衝一英里，過癮極了。」

「聽聽已經滿過癮了。」

「我每次玩都覺得很興奮。你從沒有玩過？」

「沒有。」

她說：「我請客，我請你玩。」

她又招手叫來海灘男童，過不多久，一艘有舷側助浮的獨木舟推到水邊。木蜜蕾抓住了我的手說：「來，唐諾。我要你坐在船頭。那地方最刺激。我給你點你忘不了的經驗。」

我祈望畢帝聞或是柯白莎不要到海灘來。當然，我也不會笨到告訴木蜜蕾，我的雇主和合夥人不准我和她交往。我和她進了獨木舟，划呀划地猛划。

我們的後面坐了三個夏威夷土人。他們是木槳的專家。其實我非常瞭解，我們兩個雖把吃奶力氣都用出來了，對船的控制並無多大助益，但無論如何有參與感總是好的。在大船上悶了五天的我，更覺得海闊天空胸襟開朗。

我們到了有沖向海岸大浪的地方。

蜜蕾向我解釋，「島的外側有一圈珊瑚礁圍著。」她說：「那些是很接近水面的珊瑚。太平洋上的大浪沖過來，被珊瑚礁擋了一下，變成很多時速十英里到十五英里的沖岸小浪。這種浪不會盤旋也不會散掉。它們到了頂點，對準了岸的方向，順利地沖過去——」

「划，划！」夏威夷人叫喊道。

我們幫忙划，這次是向岸的方向，用盡自己力量。獨木舟切割著水，我向肩後一看，一個極大的向岸浪潮，十多英呎高，正衝著我們舟尾而來，像山一樣的一堆水，不快不慢地升起來，浪頭上響著嘶嘶的聲音，蓋著一堆白沫。

浪頭一下把我們舉起，有如我們在乘電梯。

「划，划！」他們叫，突然發出命令：「收槳！」

我們都把槳收起來。一個夏威夷人，可能是他們三個中的頭，很快地又划了幾下，把獨木舟帶到他認為最理想的位置——在浪的斜坡上，使船首正好和白沫狀的海水對正。獨木舟一下得到了海水的速度，船前的水浪被切開，向岸的浪因為進入較淺的地方，發出吼聲，連速度都好像加快了不少。

我感到連續的熱空氣快速地通過我身體，臉上濺滿了水粒，可以看到太陽照著水珠向後飛，反光下，好像一粒粒珠寶，前面是一片平整、格子布似的藍色海洋接著白色美麗的遠岸。

我回頭看蜜蕾。

她把雙手向外展開，風吹散她的頭髮，明眸充滿興奮。看到我在看她，做了一個飛吻給我。我向她熱烈地揮揮手，回頭專注於獨木舟信心十足地向前推進。

我們這樣出去了四、五次，然後決定夠了。

蜜蕾說：「讓我們在海灘上坐一下，唐諾。我有話要對你說。」

我坐在她身旁，全身輕鬆，愉快。

「我想，」小蕾說：「你從瑙瑪那邊，已經知道了我全部的困難了。」

「瑙瑪對別人的事並沒有提供太多的消息。」

她笑著說：「但是你都知道，是嗎，唐諾？」

「你有困難嗎？」我問。

她說：「你要知道，我本是紐約街頭一個輕率野女郎。哪裡有熱鬧，哪裡有刺激，就有我。所以我上了一條船，在船上見到了木宜齊。

「宜齊比我年紀大得多，而且看得出來很老很老。他有很老式的生活方式和思想，但是他是個好人，而且有錢。

「宜齊和我熟識之後，他要我嫁給他。他知道我不可能愛他，但是他認為愛情並非必要。他認為我可以給他早年缺乏的友誼，他也可以給我相當的快樂。他答應在死後給我一半的財產。」

「所以你就嫁給他了？」

「是的。」

「而他死了？」

「是的。」

「你就得了他遺產的一半？」

「是的。」

「值得嗎？」

「是的。」

「快樂嗎？」

「不快樂。本來一個女人就很難估計一個好心、開朗、充滿友誼的老頭子。和那老人相處不是快樂，不是愛，但是一種很舒適的經驗。我倒覺得有點像父女關係。我從來沒有見到過父親的面，也沒有尊敬過父親，想來大概心中潛伏有這種願望。我很難形容，但我真的很崇拜木宜齊。」

「你的困難是什麼呢？」

「有人想說他是我殺死的。」

「說你殺了他？」

「是的，他們認為我不願等待。」

「不願等待什麼？」

「不願等他自然死亡，而要使事情進行得快一點。」

「真妙，是不是？」

「是呀。」她說。

我沒說話。她猶豫了一會，說道：「唐諾，你住摩愛娜，是嗎？」

「是的。」

「你現在回房去，換上些輕鬆的衣服。長褲，運動衫就可以了。到我這裡來，我給你燒杯茶喝。我要你和瑙瑪熟一點。我有一種感覺，我會信任你。」

「要我多久後到呢？」我說。

「換好衣服盡快的來。」

「你呢？」

「不要為我擔心，你來的時候我一定準備好了。」她說。

「就這樣決定。」我告訴她。

「摩愛娜到我公寓只有兩條街。」

我站起來，想幫助她起立，但她像隻皮球一下跳起，把身上沙粒拍掉，用她的碧眼笑著向我，好像生命只是一場大冒險，只要常有改變及刺激，她不在乎下一場會碰到什麼。

我回旅社，沖了個涼，穿了長褲和夏威夷衫，走到木蜜蕾私有的公寓。

小蕾穿了件居家上裝，裡面顯然沒別的衣服。她才淋過浴，全身非常清新，有如玫瑰上的晨露。

瑙瑪穿了套絲質的睡衣。

她們穿得那麼隨便，有人現在闖進來一定會以為兩人中有一人是我妻子，另一位是我至親。

蜜蕾說：「我們在喝威士忌和蘇打。」

「我也可以。」我告訴她。

我們坐下來，品著威士忌和蘇打。

「說吧，」瑙瑪對蜜蕾說：「都告訴唐諾好了。」

蜜蕾說：「我被人勒索。」

「怎麼會？」我問。

「說來話長。」

「長話短說，」我告訴她，看看我的錶，腦中想著畢帝聞和柯白莎。

蜜蕾說：「第一次要我兩萬元。」

「薛西酒？」我問。

她搖搖頭：「我不認識薛西酒。」

我抬起眉毛，看了瑙瑪一眼。

「薛西酒是我的專利。」瑙瑪說。

我說：「讓我再多瞭解一點。」

「好，我什麼都告訴你，」蜜蕾說：「我買過點砒霜。瑙瑪是知道的。她有我給她的一封信可以證明。」

「是你親筆寫的？」

「是的。」

「看起來不妙。」我說。

「可不是。」蜜蕾同意。

「信裡寫了點什麼？」我問。

「我提到我才出差回來——出去買了足可毒死一匹馬的砒霜。還有別的事在信裡，都是開玩笑的。瑙瑪和我兩個人一直開玩笑開慣的。」

「信在哪裡？」

「我們現在不能確定。瑙瑪認為在她放在紐約的東西裡。直到最近我們一直沒想到這件事。而薛西迺在船上告訴瑙瑪，他有幾封她的信。薛西迺說他可以把信還給瑙瑪，假如瑙瑪把以前我給她的信做交換的話。」

我轉向瑙瑪：「這就是薛西迺真正想要的？」

「是的，是一部分。」

「你怎麼會去買砒霜的？」我問蜜蕾。

她說：「這件事說出來也沒人會相信的。宜齊請我去買的。」

「他要砒霜幹什麼？」

「他在剝製動物標本，這是他的癖好。他用一種含砷的藥品自己配溶液來保存鳥的皮膚和羽毛。」

「他有習慣自己來混合藥劑？」

「是的，所以他要我為他買這有砒霜的藥品。」

「買藥有困難嗎？」我問。

「一點沒有困難。供應藥品的店認識我先生。這就夠了。」

「毒藥登記是你簽的字？」

她搖搖頭說：「至少在這一點上，我沒落把柄。」

「怎麼啦？」

「我先生是和批發商交易，他是整購。」

「你能證明是你先生要你去買的？」

「不能。」

「買了多少？」

「足可毒死二十個丈夫。」

「現在在哪裡？」

「我後來聽說會有人要問，問宜齊的死亡是不是自然死亡，我有點慌，就去找放那包東西的地方。我認為我可以拿給別人看，那包東西沒有被打開過，就和買來時一樣。」

「是不是一樣？」

「不是。」

「發生什麼了？」

「有人把封口切開，拿了一些裡面的東西出來。」

「多少？」

「我不知道，反正拿了些。」

「那時你怎麼辦？」

「把剩下的倒進了下水道，把外面的容器燒了。」

「那不太聰明——萬一他們找到證據你買過的話。」

「我知道做得不好。現在知道了。但那個時候不知道。不過你要明白，只要裡面東西被人拿了點出來，我反正是必須要面對這種結果了。」

「什麼人在勒索你？」

「一個姓巴的，巴吉祿。」

「他在島上嗎？」

「在島上，沒有錯。」

「什麼地方？」

「我不知道。他反正不住旅館。旅館登記都沒有。」

「你不認識薛西迺？」

「從來沒聽見過。」

「姓巴的怎樣和你聯絡的？」

「他告訴我去哪裡見他。」

「用電話告訴你？」

「是的。」

「他來島上多久了？」

「我相信大概一個月。」

「你來這裡多久了？」

「兩個月。」

「你最後一次和他聯絡是什麼時候？」

「兩個禮拜之前。」

「你告訴他些什麼？」

「我告訴他我是很合作的人，假如他把所有證據交出來。我雖不會給他要的那麼多，但會給他一大筆錢的。」

「他有些證據？」

「他說他有？」

「另一個勒索者又想拿到你寫給瑙瑪的信？」

「是的。」

「所以你答應姓巴的給他錢？」

「我告訴他我會想辦法弄點錢。」

「他就這樣同意了？不再騷擾你了？」

「他知道我已開始湊錢了。」

「你準備付勒索錢？」

她確定地說：「假如任何方法都對付不了他的話。」

「你有沒有對你先生下毒？」

「我說老實話你會不會相信？」

「我不知道。你有沒有下毒？」

「沒有。」

我說：「答應我一件事。」

「什麼？」

「一分錢也不要給任何一個人。」

「是應付這件事最好的方法嗎？」

「是的。」

「好，我保證。」

「千萬不要和任何人說起，我們兩個講過話。」

「可以。」

我品著威士忌加蘇打，環顧著這地方。

牆上有一幅畫，好像和它本來的位置有點不對。我走向那幅畫，把這畫從牆上移開一點，向畫的後面望望，示意小蕾和瑙瑪過來。

她倆一齊擠靠著我，向上看。

一個像銀元那麼大小，漂漂亮亮的圓洞開在畫後的牆上。洞中不可能是別的東西——是隻麥克風。

小蕾搖擺一下，抓住我手臂，短短地吸了口氣。

我用手扶住她的腰，現在真的知道她上衣裡是沒有其他東西了。

瑙瑪把她上半身全壓在我的背上，一隻手臂放在我肩上，用驚慌的語氣說：「唐諾！」

我輕輕地把畫框放回去，使麥克風沒有震動。

「所以囉，」我說：「怪不得。」

「但是——但是這個東西從哪裡來的呢？」小蕾輕聲耳語。

我把手指放在嘴唇上，示意不要開口，故意大聲地說：「小蕾，一號在哪裡？」

她笑著說：「這邊。」

我故意讓門弄出關上的聲音，把小蕾拉到身邊，輕聲對她耳語說：「不斷跟瑙瑪去談話，談點她船上的航行、談我，你們兩個批評我一些，講得我一毛不值，隨便講點東西，反正是東聊西扯，說些沒有目的的話。我要來查一查，這個東西是有人在監聽，還是只是錄音。」

我有點後悔，我扮的角色應該是幼稚，好心，見義勇為客串性質的，不應該一下就發現那竊聽器，應該東打西摸半天才指出這個地方可疑。現在反正說也沒有用了。女郎們沒有起疑，已經開始在閒聊了。

她公寓中出現竊聽設備會有各種可能。不論怎麼樣，我們總會有困難。假如這是夏威夷警局和丹佛的合作，我們是糟定了。在今晚之前小蕾就會被捕，凌艾佳就會帶回一個女兇手去本土。

假如竊聽器是勒索者所裝，我們就真有把柄在他手中了。只有一點不同。勒索者一定要錄音才行。

我走到客廳後的走道，拉過一把椅子，在牆上找電線。電線正如我所想像掩飾得很好，貼著牆，沿著掛圖畫，照片木條的上緣。

一旦找到了電線，剩下的工作十分簡單。沿了電線，在後面一個釘在牆上的貯物櫃中找到了錄音機。

我把麥克風連到錄音機的插頭拔掉，把錄音機電源切斷，拿出來仔細看了一下。

那是台專業性的錄音機，多半是電台用的，磁帶盤特別大。

業餘錄音由於傳真性要求不高，所以錄音速度是專業的一半，小一點的錄音機，磁帶短，可以再減為一半。

這個大磁帶，被固定在低速上，我估計約莫六小時。

兩個女郎都集中在我身邊，看我拿到了什麼東西。

我把磁帶倒退，退到最前面，我對兩位女郎說：「我來看看情況壞到什麼程度。」

「你說是我們所有談話？我們兩個的談話也在上面？」

「恐怕是，所有剛才你我的談話，和——」

「和你沒有來之前，我們兩個的談話？」

我點點頭。

「老天！」瑙瑪驚慌地叫著。

木蜜蕾大笑說：「好吧，什麼人聽聽就知道了，女孩子沒有別人在場的時候口德是怎麼樣的。」

我點點頭：「目前，我是那個要聽的人啦。」

我把錄音機帶進浴室。

「唐諾，我禁止你，你不能聽。你——」

她突然瞭解我的用意，向我跨前一步。

我把浴室門一下關上，把她關在門外。

我找到浴室內供電鬍刀用的插座，把錄音機插上，按鈕把錄音帶退回來。

我用快速前進去掉前面沒有聲音的部分。當有嘰嘎的金屬聲的時候，把它按在正常速度上，聽對話的聲音。

我一直聽小蕾和瑙瑪忙走，坐下開始正式談心。

真是會扯。

浴室門的底上並沒有和地板密合，有一條縫，走道中的光線，把它照成條透光的縫。光線不斷被阻斷，表示兩個女郎，或至少兩人中有一個，不斷的過來聽我到底聽了什麼。

她們兩個的會話，又清楚，又響亮。錄音機很優良。

聽了三十分鐘之後，我知道了很多以前不知道的事，我知道了不少女人之間的友誼；

又聽到些了一、兩個新故事；又聽到女人內衣褲的小事情。

我也聽到瑙瑪向蜜蕾說到我，是多好，多肯幫助她，然後蜜蕾問瑙瑪，怎麼能和我聯絡。

瑙瑪說我住在摩愛娜旅社。

我聽到撥電話的聲音，是木蜜蕾在打電話，然後聽到蜜蕾向瑙瑪說，旅館裡的人看見我穿了游泳褲走向海灘去了。

瑙瑪的聲音說：「好呀！還待在這裡幹什麼？動作要快。找件和香蕉皮差不多大小的比基尼，到沙灘去，讓他看個夠。」

「你想會有用嗎？」蜜蕾問。

「會有用嗎？」瑙瑪羨慕地說：「小乖乖，那樣漂亮的屁股，連聖人也會春心大動。」

「你認為他能幫助我，瑙瑪？」

「我能確定他有幫助你的能力。」

「他肯不肯呢？」

「不肯幫你忙的一定是斜白眼，夜盲症，二百五。」瑙瑪說：「你不是自己常能證明這一點嗎？我想想都覺得好玩。」

「你是該擔點心，」蜜蕾說：「為你自己想。」

「我的肉還不錯。」瑙瑪自己承認：「不過我不太多用。」

下面大概都差不多內容。蜜蕾顯然已換上了泳裝，兩個人做臨床解剖比較，連我聽了都會臉紅。

「賴唐諾！你把這東西關起來，否則看我再理不理你。」蜜蕾隔了門，有點窒息地叫著。

我讓錄音機繼續開著，直到聽到房門關上的聲音。蜜蕾一定是去海灘找我了。

我把錄音機關掉，把浴室門打開。

蜜蕾站在門口，一副窘態和好玩混合的表情。

瑙瑪已經開始要笑出來了。

「現在給你知道了。」她說。

「現在我知道了。」我說。

「不但你知道了女人私底下會和女人說什麼，」瑙瑪說：「而且知道了我的很多東西，即使和我結婚五年也不會知道那麼多。」

兩個女人都笑了。

我說：「這件事情並不可笑。不論什麼人，能把錄音機放這裡，他——」

「我知道，我知道，」蜜蕾尖銳地說：「是應該哭的時候了。但這件事實在太滑稽了，讓你聽到這些個閒話。還有我故意去找你，想來催眠你。」

「事實上滿管用。」我說。

「當然管用。」瑙瑪告訴我：「我們精心設計的。」

她們兩個又相視大笑。

「這裡家事什麼人負責？」

「水子，一個日本夏威夷女郎。」

「你想她會——」

小蕾搖搖頭說：「她是最謹慎、文靜的小東西。只懂來回整理一下，換換床單、毛巾。」

「她哪裡去了？」

「我差她進城去了。」

「她在這裡有自己的房間嗎？」

「她不睡在這裡，她每天早上八點鐘來，晚上八點走。」

「手裡帶什麼東西嗎？」我問。

「一個袋子，」蜜蕾說：「她到這裡來換傭人的制服，她有個傭人用的浴室，她在那裡面換衣服。」

「我們來看一看。」

我們走進女傭專用的浴廁。小袋子是在浴盆的架子上。

我把它拖下來。兩卷錄音磁帶在裡面，和錄音機上一樣大的那一個。

「我們怎麼辦？」蜜蕾問。

「我們把錄音機放回原地去。」

「這些磁帶呢？」

「把已錄的音銷掉。」

我把磁帶放進機器，用快速把帶上錄音全部銷掉。

我把磁帶轉回到以時間計算差不多該到的位置，把一切按鈕放到不用的位置，把麥克風及電源接上，又把錄音機放回原地。

我按下前進的鈕，錄音帶開始前進，但是因為我沒有同時按錄音的鈕，所以不能錄音。我希望不論是什麼人前來換帶子的時候，會以為裝這帶子的人忘了按錄音鈕，所以這卷帶子什麼也沒有錄到，仍是個空帶子——至少我希望能產生這種效果。

「現在怎麼辦？」蜜蕾說。

「你那文靜可愛的小東西傭人下班的時候，我要跟蹤她，」我說：「看她把這些磁帶怎麼辦。」

蜜蕾說：「你想你能辦到嗎，唐諾？」

「我想可以，我馬上去租一輛車。你說她八點下班？」

「是的，你認為來不及的話，我可以拖點時間。」

「不要緊，就八點好了。」

「她回來後，你和我們一起喝點茶。那你就可以先看一看她。」

「我現在已經對她有個概念，」我說：「你們兩位記住一件事，據我看，今天下午四點鐘之後，有人就要給你們換錄音帶了。水子假如是這個人，她會換了錄音帶才離開。她一換帶子之後，你們兩位所有說的話，都會被人錄下來。所以說話要小心，但是也不能過分虛假，使他們知道我們已經發現麥克風了。」

「不要擔心，」蜜蕾說：「我們兩個也不會過份虛假的。」

兩位小姐互相對望傻笑著。

「在目前情況看來，」我告訴她們，「我最好不要留在這裡。我會在外面自己找到水子的。我不要水子在這裡見到我。我要保持在她眼中是陌生人。跟蹤她才容易點。」

蜜蕾點頭說：「什麼時候再見到你？」

「我會主動和你們聯絡，但要記住要十分小心。每句話都會在錄音帶上被錄下來。即使我打電話來，你這裡說話要有技巧。事實上你的電話可能早就有人竊聽了。我也會打點啞謎說話，只要你聽懂就好。」

「可以，」蜜蕾說：「另外，唐諾，假如你再看到我穿這一套泳裝，就表示請你過來。」

「好，知道了。」我告訴她。

兩個人分別和我吻別。友誼性的吻，做做樣子的。

「血壓一百八十。」蜜蕾報告。

「心跳一百二十五。」瑙瑪說。

她們兩個互抱著，歡欣喜悅。我瞭解，即使她們知道我一走她們就會被捕，只要真有好玩的事，她們還是會如此天真高興的。

我離開她們的時候，我還是全身興奮，我相信嘴裡有金牙的話也會溶掉的。

她們真是一對少見的姐妹花。

我又想：畢帝聞在幹什麼？

第十章　夏威夷風格

夏威夷皇家大飯店，表現著出奇的安靜和豪華。皇家棕櫚高高的樹身，密密的樹葉，遮住了大部分的陽光，留下了斑爛的陰影。空氣中充滿了海洋特有的氣味及花香。

我經過大廳，逛了幾家商店，找到坐在陽台一張桌子旁在看海的白莎。

一杯酒和果汁混合的飲料在她桌上。白莎臉有點紅，眼睛有一點點水汪汪，兩片嘴唇緊緊擠在一起。

我看了一眼就知道白莎有一點微醉，但是非常生氣。

我拖過一把椅子，隔了桌子坐在她對面。

白莎用微紅的眼睛怒視著我，一點點酒加上長久的生氣，使她眼白在充血。

「你倒說說看，你一直在幹什麼？」她問。

「找你。」

「真是個好偵探！」

「當然。」我說：「我把東西都拿出來之後，去泡了一下水。」

「喔，當然，」白莎說：「老天，我們的客戶付給你來回船票七百五十元就是叫你泡一下水，不必做別的事，是嗎？」

「他要『我』做什麼呢？」

「來保護木蜜蕾。」

「保護她什麼？又保護她不要什麼呢？」

「我們來這裡的目的就是要找出來呀！」

「我以為我只是你的助手。」

「像你這種助手，」白莎說：「我連飯也送不到嘴，早餓死了。」

「什麼不對嗎？」

「每件事。」

「怎麼會？」

「畢帝聞在不高興。」

「對什麼人？」

「你，我，他自己。」

「真是絕配。」我說。

「我看也是。」白莎恨恨地說。

白莎又吸了兩口飲料，說：「我早就知道我不喜歡這鬼地方。」

「每件事情。看看這些扭呀扭的，穿了兩件式泳衣的小雞，叫我想起自己的身材和年齡。你再看看那一個，說起來倒不是兩件式泳衣，你告訴我，她前面貼的到底是膏藥還是郵票？」

我看一看。

「看看那種扭勁，」白莎說：「我是女孩子的時候，我們不作興那樣扭。她們也並不見得漂亮。」

她又吸了一口飲料。

我說：「你為什麼不把自己放鬆，看看她們。」

「看到就生氣。」白莎說。

「你在這裡束緊了束腰帶，勉強地到這裡來，全身都是傳統的職業女人味，包在一個裝甲履帶一樣的束腰裡，滿口不喜歡這個地方。這個樣子誰也不會上你當。你要入鄉隨俗，大家容易混熟。據我所知，木蜜蕾不太喜歡傳統型式，她比較衝動。你為什麼太約束自己呢？白莎，來，把飲料乾了。」

我催著白莎把飲料喝乾，扶著她手臂，領她到一個夏威夷商店。

白莎生氣地對著女店員，她像她有打賭不准笑。

「我要一件那種夏威夷玩意兒。」她說。

「沒問題，夫人，」女店員毫不注目地回答，好像白莎是要買包香菸，「我想我們有正好合你尺寸的。要不要看看式樣？也許你要拿兩件到試衣室去試一下。」

白莎撥弄了四、五種式樣，選了一件，走進試衣室，出來的時候，一半衝動，一半酒精引起的興奮，擺出了不太在乎的味道。

「你看我怎麼樣，唐諾？」

「站直一點，」我說：「不要那麼死板板。」

「老天，」白莎說：「沒有束腰我辦不到。」

「問題就在這裡，」女店員說：「你整天束縛這些肌肉，使它們都變軟弱了。它們太依靠鋼架的支持力了。看看這些夏威夷女人，她們走起來直直的，即使她們體形大，但走起來外形很好，因為她們把肌肉練好了。」

「是怎樣練起來的？」白莎問。

「草裙舞。」

白莎說：「這一件我要了，送到八一七房，柯太太。」

「我認為你可以要兩件。」

「可以，我要這一件，和那邊那件有棕櫚葉圖案的。」

「那你就穿著這一件，我們把你本來穿的替你送回去。」

「穿這一件？」白莎說：「我穿了這種東西在大庭廣眾面前跑來跑去？」

「有什麼不可以，柯太太？我們把你穿來的衣服和另外一件新衣服送八一七去。你現在穿的才是夏威夷打扮。」

白莎說：「我好像沒有穿衣服。」

「你看起來好得很。」女店員說。

「走吧，」我告訴白莎，「你要對這件衣服習慣，也要對不用束腰習慣。」

白莎把雙手放在兩面臂部，壓擠了兩下，說：「看我軟得像融化了的白脫油。」

「你不妨試試游泳和草裙舞。」那女店員說。

「我，跳草裙舞？」白莎說：「你在吃我豆腐。」

「絕對不是。要不多久這些肌肉都有力氣了。這是最好的運動。另外還給你節奏感和精神愉快。」

「我這個年齡——這種體形？」

「只要看看這些夏威夷女人。看看那個走過那邊的女人。」

白莎看過去，想了想。

「好了，」白莎說：「把束腰、襯衫、上衣和裙子包起來送八一七去。唐諾，假如你敢照張相片送回辦公室的話，即使槍斃我，我還是要挑一天回去的晚上把你丟到海裡去餵王八。不知怎麼昏了頭，穿——走吧！唐諾。」

我們又回到大廳。

「我覺得我像沒有穿衣服一樣引人注目。」白莎說。

一、兩位同一條船下來的客人，也在陽台上看到了白莎，眼中充滿了驚奇，終於忍不住微笑了出來，盯著她看。

「扭彎了脖子就活該！」白莎狠狠低聲地說：「我穿什麼干你們屁事，要把眼珠爆出來。反正是我的曲線，何況我已決定要把肌肉練好來。」

「就要有這種精神，」我說：「現在，你缺少的是泳衣。」

「一件泳衣！」

「泡海水，當然要泳衣。政府有規定——」

「我絕對不會穿了泳裝到那個海灘上，即使殺掉——」

我說：「來！走兩步，看看在海灘上的群像。你看，看那邊那個女人，你的外形總比她好多了吧？」

白莎向我指給她看的女人注視著。

「老天！」她低低地說。

「所以囉，不必耽心。」我告訴她：「這裡沒有人知道你是誰。你是來這裡休假的。我們再回店裡去，買件泳裝，到海灘去。」

「我皮膚不能曬。」白莎說。

「你皮膚當然怕曬，你已經三十年沒有曬太陽了。你儘管去，下午的太陽對你沒有害處。水溫正好，下去泡一下，游兩下，曬十分、二十分鐘下午的太陽，好好的擦點保養皮膚的化妝品。」

白莎說：「唐諾，我認為我喝醉了。」

「又怎麼樣？」我說：「我們來幹什麼的？」

「我們來這裡是因為一位全身會喀喀響的唐璜付我們錢。但是因為我到現在還沒能聯絡上小蕾，他在抱怨。」

「但是，」我說：「你坐在陽台上喝加了酒的果汁，能接觸到你的目標嗎？跑出去，到海灘去喝去。」

白莎說：「我告訴過他，我怎麼做，不要他管。」

「畢先生在哪裡？」我問。

「他在房裡，氣得像隻狗熊。他找不到你。他打電話請小蕾回電，她沒有回。他又磨牙，又全身響得像鏽了鉸鏈的鐵欄門。」

「你去買套泳裝，」我說：「我上樓去看他。」

「他會拎著你耳朵，把你從樓上摔下來的。他現在後悔把你帶來了。」

我說：「沒關係。我上去給他一個報告。」

白莎起疑地看著我：「你有什麼好報告的？」

「說你來這裡是替他服務的，」我說：「說你正準備到海灘去設法聯絡。」

白莎突然笑出來：「去你的，唐諾。我沒有問題，我還可以，我只是不喜歡這個地方。」

「儘管去，」我告訴她，「你回那店裡去買套泳裝——白莎，你有沒有問那些東西多少錢？」

白莎看著我，突然吃驚起來：「老天，沒有呀！」

「這一件已經穿過了。」我告訴她，「退也退不掉了。想辦法把它報在開支賬上好了。」

白莎說：「倒不是捨不得錢，而是我白莎竟會買東西沒有問價錢。天曉得，是不是我太老了？我知道我沒那麼醉。」

「當然沒醉，」我說：「你已經開始輕鬆，喜歡這地方了。你去買泳裝，我上去看畢先生。」

白莎站在那裡，臉上倔強、不高興，嘴唇微顫，像要哭的樣子。「我竟沒有問這渾蛋東西多少錢一件。」她自責著。

我走開，希望白莎能在瞭解實況前早點去沙灘。夏威夷的酒加果汁飲料，在旅館裡都是酒加得很重的，他們要你輕鬆點，像個度假的樣子。這一點我故意沒有告訴白莎。再加上夏威夷的空氣懶洋洋的，和豪華旅社的氣氛，把性和樟腦丸放在一起好多年的女人，突然研究起草裙舞，買兩截式泳裝！

我在咖啡座停下，要了三明治和花蜜木瓜汁，準備去會見生氣中的畢先生。

第十一章　在海灘上的畢先生

畢帝聞不在他房間裡。僕役說他可能去海灘了。

我到海灘，四處找畢先生，但是見不到他。我正要往回走，一個穿泳裝的人形落入我眼裡。

我從沒有見過畢先生穿泳裝。見到他拿了本書在傘下看書，還真嚇了我一跳。

他沒有見到我。

我走向前，坐在他邊上。

「哈囉，畢先生，一切還好嗎？」

他轉臉看我，立即表示不喜歡的樣子。

「你哪裡去了？」

「在找你。」

「不必找我，你多和柯白莎聯絡，我會和白莎聯絡。」

「可以，你知道什麼新的消息要告訴我嗎？」

「我知道小蕾想辦法和我避不見面。」

「為什麼？」

「多半因為她不願告訴我什麼事。」

我不在意地說：「半個小時前我看到她穿了泳裝在海灘上。她好像在找什麼人，我現在想她是在找你。」

他的臉發出亮光，好像有人在他腦袋裡開了盞燈。

「你見到她了？在哪裡？在哪裡？」他問：「她在哪裡？她說什麼沒有？」

「就在這附近，」我說：「她一定是在找人。」

「什麼時候，多久之前？」

「至少半個小時了。她問我有沒有看到你。」

畢先生說：「我沒見到她。他們告訴我她每天下午都到海灘來。」

「你有沒有試用電話找她？」

「我打電話，她說她今天不要見我。」

「那是有道理的。」我說。

「什麼意思？」他問，自然地轉向我看。

我說：「要是她聰明的話，她當然知道她的電話可能被竊聽，房間裡也可能暗藏著麥克風。當然她要在沒有人偷聽的地方見你。還有比正好在海灘上見到你，坐在你邊上，隨便什麼都可以講更好的地方嗎？」

「我沒想到這一點，賴。」他說：「我相信你是對的。我想你捉到重點了。這是為什麼她在電話上那麼直截了當。她認為有人會偷聽電話。什麼人會偷聽電話呢？」

「有人勒索她，就一定是勒索她的人在找證據。」

「他沒有證據就不可能先勒索她呀！」

「他也許先在打高空。假如她在電話上對你滔滔不絕地吐出點東西來，給人錄下音來，可能可以把打高空變為事實。當然她的公寓也不是個談話之所。假如我是你，我會隨便在哪裡碰到她，就隨便在那裡談。」

畢先生體會到我的建議：「對，一切符合了，否則她不會三言兩語就把我打發了。賴，白莎說對了，你是有腦筋的。你很聰明。」

我說：「這只是經驗而已，畢先生。我們辦過太多的案子。好多次我們都發現電話會被人竊聽，房間裡會被人裝上麥克風。客戶的談話被人錄音。」

「你說她來過海灘，回去了？」

「我不知道她是不是回去了。我見到過她。」

「可憐的孩子，」他說：「是我誤解她了。她也許以為我夠聰明，瞭解她的意思，放下電話就來等我，希望我出來，可以談一談。我把一切弄糟了。現在不必再等了。唐諾，請你幫我站起來。」

我幫他站起來。

他把沙粒從他乾的泳褲上揮掉。

「你應該小心這太陽，」我說：「在外面太久會曬得起泡。」

「那倒沒關係。我不太怕曬。我——賴，要是你再看到小蕾在沙灘或任何其他地方，你告訴我一下，我來見她，好嗎？」

「你在哪裡？」

「下午我都會在房裡。之後我會在酒吧和飯廳。她也會找得到我。我會隨時告訴僕役頭，我在哪裡的。」

「可以，」我告訴他，「她會找到你，不過我看今天不會有機會了。她也許會打電話給你，你的電話可能也有人竊聽，這一點你要注意。她也可能有人跟蹤。」

「你認為那麼嚴重？你認為他們花那麼大本錢，且不論他們是誰。」

「那怎會知道？我這一行必須為客戶考慮所有的可能。有備無患。」

「是的，這樣很好。」

他把手放在我肩上。「唐諾。」他說：「你不錯，工作也可以。我現在很高興白莎堅持要你一起來。我想我們會把這件事征服的。但是所有接觸都交白莎去辦。你不錯，唐諾，你不錯。」

「是的，我們可以克服一切的。」

他搖曳著回他的夏威夷皇家，我回我的摩愛娜，打電話給旅社裡的租車公司，租了一輛車。

八時正，我已經坐在車裡，等在一個可以看到小蕾公寓的地方。

那日本夏威夷女郎帶了袋子出來，看起來天真無邪。

她像其他女傭一樣，等在巴士站，上了一輛巴士。

我跟蹤這輛巴士。

巴士沿卡拉卡街左轉入皇帝街。在皇帝街走了半英里停了下來，下車的是我的日本夏威夷女郎。

她沿人行道走了三十尺左右，坐進了停在路邊一輛非常漂亮汽車的駕駛座，順利地把車自路邊開出，立即使車加速。

夏威夷駕慣汽車的人，會把初來本島的人嚇死。在馬路上急進時都很輕鬆隨意。狹街上也從不減速。交叉路口互相交錯地行車。有的交叉口有四、五條路，互相交叉，但是司機都憑直覺判斷對面來車會走什麼方向。他們扭扭擺擺能到達目的地，在本土的人看來是奇蹟。

這女郎是典型的夏威夷開車者。我費盡心力不使她離開我的視線。我不敢太接近，但是我瞭解只要離開她遠一點就會再也找不到她。

她一個轉彎走上可可山的公路，現在她才真開始開車旅行。

我跟在她後方，有時接近，有時落後。有一兩次我絕對相信前面沒有別的路，我走在她前面。

她不喜歡有人超她車，每次我超過她，她立即加油超過我車。

不久她慢下車來，突然轉下向海灘駛去。

在這種情況下跟蹤相當要技巧。我把燈全部關掉，慢慢看到她轉進一個私人車道。

我輕輕地繼續前進，比她多走了百多碼路，道路就到底了。我迴轉，發現她的車停在一幢小屋私人車道外。房子造在一個可以游泳小海灣上面的岩山上。四周種著棕櫚、香蕉和四季常青，青蔥茂盛的夏威夷多葉植物。

我把車退後，靠邊，停住，熄火，在黑暗中等待。

她十分鐘後出來，首途向火奴魯魯。我跟了她一段路程，確定是回火奴魯魯，加足馬力一下通過她，快快前走。

我在前面不斷用後視鏡看著她的車頭燈。她現在倒不怎麼急了。對車子超過她也不那麼在乎了。

快進市區時，車輛漸多。我慢下來讓她超過我，兩個人以常速前進。

她根本一點也沒有懷疑，只是放心地開著車。我想我在前面開的時候，她可能停下來看過有沒有車在跟蹤她。

餘途的跟蹤簡單容易。她轉入一個貧困的區域，三轉二轉停車進入一個小房子。我看到燈光亮起，窗簾拉上。

我離開車子，看看她的汽車，門鎖著，當然已熄火。

用我帶著的小電筒，我可以看到車子的里程錶，我把數字記下。開始回摩愛娜，一路用那租來的車計算著里程。

我在夏威夷皇家大飯店再找到白莎。

「畢先生怎樣了？」我問。

「吃晚飯的時候他精神抖擻，」白莎說：「這老山羊還好像真在享受似的。我們喝了兩杯酒，他吃了不少東西。飯後他情緒不定，老在看錶。」

「由我來處理。」我告訴她。

我回到摩愛娜，打電話到夏威夷皇家找畢先生。

電話接到他房間，他用焦急的聲音立即來接電話。

「喔，畢先生，」我說：「我等了好久才等出電話來向你報告。我現在打的是公用電話。我離開時看到蜜蕾在摩愛娜大廳裡，好像在找人。你有沒有說你要到摩愛娜來？」

「我？沒有。」

「我認為你可能說過，」我說：「我記得在船上，你見到蜜蕾時，提起過什麼和摩愛娜有關的什麼事？」

「我說起我以前來的時候住過摩愛娜。」畢先生說。

「也許那是你心裡想說的，」我告訴他，「但是在我聽來，好像你說你會到摩愛娜來——」

「好了，多謝了，唐諾。」他打斷我話題說：「我很喜歡和你聊天，但是目前我正忙著。我正要見一個人，為一筆生意。再見。」

他把電話掛斷。

我走到附近一個食物攤，塞了五元錢給一個女侍。

「這是為什麼？」她問。

我說：「跟我來，替我打個電話。」

「只有這件事？」

「絕對。」

我把她帶到電話亭。打夏威夷皇家飯店的電話。

「我說些什麼？」她說。

「找一個叫畢帝聞的先生，」我說：「他不會在家，你說只留一個口信給他。儘量把聲音放甜一點。請接線生告訴他，有位年輕女人打過電話來，她不願留下姓名，但是明天她會想辦法和他見面。」

女侍照我說的辦妥，我對她眨一下眼睛。

「兩個男人在追一個女人，我要他誤認有了苗頭。」

「喔！」她笑著說：「這裡多的是狼，不要把他胃口吊過頭了。」

「競爭嘛，你懂得的。」我告訴她。

「你怎麼會知道的？」

「觀察的結果。有什麼不對？」

「沒有，」她淘氣地說：「只是我覺得你應該沒有競爭上的困難。」

「你會不相信，這年頭困難多多。」

「任何時間，再要打電話的話，告訴我，」她說：「我願意為你服務。這種錢賺得太容易了。」

「我可能還用得到你，」我告訴她，「謝了。」

「沒問題，」她說：「再見。」

她站在那裡看著我。

我回到摩愛娜，把衣服脫掉，躺到床上看書。臨睡前我打電話給小蕾。

「我是你游泳的朋友。」

「喔，是的，哈囉——」

「不要提姓名。」我警告她。

「噢，是的，我什麼時候可以見你？」

「明天，也許。」

「不是今晚？」

「不是。」

「真洩氣，我以為——你有沒有做你說要做的事？」

「做了。」

「找出什麼來了？」

「有。」

「能告訴我嗎？」

「現在不行。」

「我覺得你很吝嗇。你可以過來——」

「今晚不行了。有件事我們還沒解決。另外還有件事你要記住，千萬記住，今天整個下午你都在威基基海灘上走，希望不經意地碰上畢帝聞。」

「但是我沒有呀！」

「有，你有，你到處都找不到他。你希望在外面碰到他，這樣好像是不經意的見到的，你有點緊張，你打過電話給他，但他不在。」

「我一定要這樣說嗎？」她問。

「假如你要我為你工作。」我說著，把電話掛斷。

我又看了一會書才入睡。

第十二章　白莎捲入謀殺案

日本夏威夷女傭人，水子，在八點差五分的時候從公共汽車下來，拿了她的小袋子走進蜜蕾的公寓。是個嫻靜、自制、害羞的好女傭。

我坐進我的車子，向卡拉卡街開去，我有一種受人跟蹤的感覺，找不到什麼人在跟蹤我。只是感覺而已，我轉彎，改變速度，開開停停，用一切方法最後決定沒有車在我後面，我一下破壞了幾次速度限制。當我確定沒有車在跟蹤後，我左轉皇帝街，把車慢下來看看兩旁停車車牌。

她的車幾乎和昨天一樣停在差不多位置。

我下車看碼錶的數字。

沒有錯，她是從她家直接開到這裡，把車停這裡的。沒有到別的地方去。

我把車開到昨晚去拜訪那小屋的附近。

這時已經快到九點鐘了。我隨便找一家較近的人家。

一位看起來很友善的人，自屋中出來，拿了個手提箱，正要進汽車。

我把車開近，說：「對不起，打擾你，你知道王家在哪裡嗎？」

「王家？」

「是的，就在這裡附近。我知道他們有房想要出租。」

「我不知道這裡有誰家房子要出租，」他說：「你地址弄清楚了嗎？是這一帶嗎？」

「不能肯定，」我說：「我是照他們形容給我聽的路找來的。」

「這一帶出租的房子只有一棟，」他說：「就是這條路下去左邊最後一家，不過那也已經在一個多月以前租出去了。」

「租給姓王的嗎？」我非常有希望地問。

「不是，」他說：「是一個很少見的姓。等一下我來想想，我見過這個人，姓巴，他不太和人來往。」

我無助地嘆口氣，「我一定找錯路了，回去再問問吧。」

他說：「這一帶出租的房子不多，空出來也一下就租出去了，你是什麼人在幫你忙？」

「一個房地產經紀人，」我告訴他，「我應該讓他陪我來的。我自以為聰明找得到路。無論如何謝謝了。」

我駛回威基基地區，找到白莎正在夏威夷皇家早餐。她正在吃木瓜。

「哈囉，唐諾。」她說：「坐下來，告訴你件事。」

「什麼？」

「這東西很好吃，」白莎說，指指木瓜和一支銀匙。

「當然好吃。再說對你好極了。裡面很多木瓜素，幫助消化食物。這也是嫩精的主要成份，用來煮肉容易爛的。」

白莎白我一眼：「我希望你講話不要注意書裡的知識。我不需要外來的東西幫助我消化食物。我自己用自己的力量消化食物已經足夠了。隨便什麼吃下去我都能消化，擠得出營養，不需外力幫忙，不需你提醒。你來做什麼？」

「等候你去做接觸工作。」我說。

白莎說：「我看整件事情有點古怪。我連壘也上不去。我已經打了半天電話給那上帝送給男人的禮物了。他們每次都說她不在。一個啥事不懂的女傭總說她去海灘游泳了。你知道怎麼回事，我想這是捉迷藏。她根本不要別人幫她忙。開偵探社碰到這種案子倒真不錯。你為什麼不忙起來，做點事情？」

「做什麼呢？」

「看看這到底是怎麼回事。」

「我以為你要去做這件事。我記著我只是你助手。」

「你說話越來越像畢先生了。」

「好，你要我做什麼？」

「找出來，這裡在搞什麼名堂。我真希望我沒有離開辦公室。這案子和以往的都不同。唐諾，你應該出去跑跑，計劃一下。白莎只會坐在辦公室把客戶鈔票一張張拿出來存到銀行去。」

她又說下去：「這裡我無用武之地，反而那傻子客戶早晚會開除我們，他把事情都控制著，要照他的方式進行。現在他又把責任全要推到我們身上。」

「沒關係，」我告訴她，「為了使你進入情況，我告訴你一些實況。和我們一條船來的薛西酒是個勒索者。他試著勒索雷瑙瑪，我想這只是前奏。我相信發生了一些瑙瑪沒有告訴我們的事。」

「又如何？」白莎說。

我說：「另外有一個人在勒索木蜜蕾。他的名字是巴吉祿。他住在郊區一個租來的房子裡。地址是尼泊奴拉，九二三二號？」

白莎凝視著我說：「你在說什麼呀？」

「告訴你這裡發生的事呀。」

突然白莎打開皮包，拿出記事本和鉛筆：「什麼名字？」

「巴吉祿。」

「地址？」

「尼泊奴拉道，九二三二號。」

「哪幾個字？」

我告訴她。

「這些夏威夷地名，」白莎說：「會把你頭都搞昏，眼睛搞斜。」

「咯怕咯海。」我說。

「又是什麼？」

「斜白眼。」我說。

「我正是這意思，但你說咯怕咯海是什麼？」

「斜白眼。」我說。

白莎把臉脹得通紅：「我告訴你夏威夷話聽久了會把人聽成斜白眼。你回答我些笨夏威夷話。這些笨話代表什麼意思？」

「咯怕咯海，」我說：「是夏威夷話，代表斜白眼。」

白莎像條蛇一樣噴出氣來，慢慢又抑制自己。

「有的時候，」她說：「我可以用我空手把你扼死。剛才你說的一切，你怎樣知道的？」

「做偵探呀，租輛汽車，跟蹤間諜。」

「花的錢有單據可以報銷嗎？」

「當然。」

「這還差不多，」白莎放心了一點說：「多告訴我一點那個狗雜種——姓巴的。」

「他向木蜜蕾要兩萬元。」

「他憑什麼向她要？」

「不公佈她謀殺她丈夫的證據。」

白莎想了一想：「他奶奶的！想想還有個從丹佛來的人——那個叫凌艾佳的。那個人怎麼樣了？我開始有一點怕他了，唐諾。他是個危險分子，他那麼有把握，他會拿雞毛當令箭。假如他沒有結果，他不會罷休的。」

「所以，」我說：「我要告訴你巴吉祿的事。」

「為什麼？」

「因為我想凌警探是聰明的。我們一定要先打敗他。」

「凌艾佳會做些什麼？」

「他可能去找巴吉祿做點小生意。」

「什麼小生意？」

「請姓巴的把知道的說出來。」

「姓巴的知道些什麼？」

「我並不認為目前他已知道很多，白莎。但他知道的，足夠引起他疑心的，所以他希望知道的更多。我甚至想他是在偷雞，做白老虎。」（「白老虎」，撲克術語，也稱「偷雞」。）

「現在怎麼辦？」白莎問。

「現在，」我說：「輪到你到沙灘上散散步，同時——」

「我到沙灘上去？」柯白莎說：「讓鞋子裡跑進沙去！絲襪都鈎破抽絲？」

「當然穿你的新泳裝。」我告訴她。

白莎不說話，只是怒視著我。

「當然光腳板，」我提醒她，「你也不穿鞋、也沒襪子，但可以穿沙灘鞋。你下去會看到畢先生坐在一頂陽傘下。你才去的時候他會有點不耐煩，也許還有一點不高興。也許他會跳起來問你做了些什麼，指責你那麼久了應該有結果。」

白莎吞口口水說：「我怕的就是這一招。做個偵探，但是要依客戶的方式來辦案。他要找我去接近木蜜蕾，但木蜜蕾根本不想和我說話。去套她口氣，不是與虎謀皮嗎？」

「不要怕，白莎。」我說：「你有不少新聞可以告訴畢先生。你可以表現給他看你進行得滿順利。你可以告訴他，替蜜蕾做家事的女傭，是勒索者僱用的小間諜。再告訴畢先生千萬別去木蜜蕾的公寓，最好等小蕾到沙灘來找他。」

白莎貪婪的小眼睛對我閃閃發光，把我說的記住。

「這些都是確有其事的？」

「如假包換。」

「女傭的事你怎麼會發現的？」

「昨晚我跟蹤了她。」

白莎說：「唐諾，你這個小渾蛋，有的時候我真的以你為榮，很想親你一下。告訴我，好人，還知道些什麼？」

我說：「小蕾的公寓，被人裝了竊聽器。有一個錄音機，由女傭管制。所有在客廳裡說的話，都錄進了磁帶。」

白莎大叫：「他奶奶的！但是，你怎麼會查到的呢？」

「還不是東看西看，這些是我目前查到的全部了。」

「去，再去找點消息來。」

我說：「你穿上你的泳裝，下去找畢先生，他會在一頂陽傘下面的。」

白莎說：「昨天聽你話去買泳裝，完全因為我有一半喝醉了。今天早上我試穿了一下，很多地方都會有肉滿出泳裝外面來。」

「滿出來就讓它滿出來。你來這裡目的是什麼？賺錢還是參加選美？」

白莎氣得呼呼大叫。

我說：「你一定要快點工作，因為畢先生已經懷疑我們的能力，有點惱怒了。」

白莎拿起刀子，好像要把侍者才送來的火腿蛋盤子戳穿似的。

「請吧，」我說：「至少早飯要吃飽。」

「唐諾，」她尖尖地說：「你要到哪裡去呢？」

「到外面去。」我告訴她，搖搖頭表示再見，走出餐廳，讓白莎一個人坐在那裡生氣，發愣。

我知道她不會來追我，火腿蛋吃不吃都必須要付錢了。生氣也好，冒煙也好，沒胃口也好，白莎反正要把這盤火腿吃完才安心。

我走進一個電話亭，接通木蜜蕾的公寓。

女傭回答說：「木太太沒起來。」

「雷小姐呢？」

「雷小姐沒起來。」

我說：「請你轉個口信。」

「我沒法轉口信。」她謹慎，一個字一個字地說：「她們沒有醒。」

「把她們叫醒，」我說：「轉個口信，告訴她們我是賴唐諾。我馬上過去。」

「她們沒起來。」她說。

「你給我告訴她們。」我說完把電話掛上。

我給她們十分鐘，而後開始步行去蜜蕾的公寓。

蜜蕾自己讓我進去。她穿一件半透明的絲質寬大晨衣，裡面看來沒有東西。有一下子她站在過道上，因為背後是飯廳長窗，有很強的日光，我看到晨袍裡美麗的曲線。

「你真是隻早起的鳥，」她說：「什麼理由這樣吵醒我們？」

「有工作要做。」

「進來，唐諾。我們才醒來不久。瑙瑪在淋浴。」

我走進客廳，指指暗藏有麥克風的畫框，走向臥室。

「到這裡來一下。」蜜蕾說：「瑙瑪有話和你說。瑙瑪，可以見人了嗎？」

瑙瑪說：「是什麼人？」

「唐諾。」

「我在沖涼。」

「那就暫時不要出來。」蜜蕾說。

她把我帶進臥室，說：「唐諾，請坐。」

我關上門，走一圈，看所有的畫框後面，看四周的牆壁。蜜蕾深思地看著我。

我忙完後，她抬起眉毛，給我一個無聲的問句，我搖搖頭說：「可能他們只有一套設備，所以放在客廳。」

「告訴我。」她說。

我說：「我跟蹤你的女傭，她像其他女傭一樣乘坐巴士，但是只乘到皇帝街那麼遠。她有輛漂亮的雪佛蘭停在那裡。她駕車去可可山。進一個造在岩山的小房子，房子下面是可游泳的小海灣。那個岩山斜坡地一共有六幢房子。」

「唐諾，在哪裡？」

「地址是尼泊奴拉道，九二二號。住客是巴吉祿。」

「水子幹了什麼？」

「留在裡面的時間大概夠交回兩卷錄音帶，又換兩卷沒有錄過音的帶子。她回頭，還是用她的車，回她住家，留在那裡到今天早上，起床，開車到皇帝街，泊車，乘巴士，來上班。」

「這騙人的小貓，」蜜蕾說：「我可以把她眼睛挖出來——」

「那沒有好處，」我說：「我們現在要小心辦事。」

「辦什麼事？」

我說：「我要你和瑙瑪兩個人穿上你們最迷人的泳裝，吃了早餐，立即到海灘去。你們會發現畢先生在一頂陽傘下，坐在沙地上。」

聽了我的話，蜜蕾扮了一個不願意的鬼臉。

我抬起眉毛代替問她。

她說：「最好不要去。以前他是木宜齊的合夥人，我喜歡他是因為這種原因。現在他在管理我所有的錢，我不喜歡他這種身分。」

「為什麼？」

「我不喜歡受人管理。我不喜歡被人看成小孩子，我不喜歡受人監視，我不喜歡別人背後說閒話。我不喜歡傳統。我不喜歡牽制太多。」

瑙瑪自浴室伸個頭出來：「可以出來嗎？」她問。

「唐諾在這裡。」

她轉向我說：「唐諾，讓個女生出來穿點衣服好嗎？」

「噢！何必做作呢？」蜜蕾不在乎地說：「唐諾對你還有什麼不清楚的？」

「沒有這麼樣清楚法。」

「我打賭他就快會那麼清楚。」

「賭多少？」

木蜜蕾想了一下：「兩百元。」

「賭了——不對，不能賭，你只是在破壞我的機會，」瑙瑪笑著說：「唐諾，既然小蕾不肯幫忙，還是請你把那件晨袍給我。」

我大笑說：「我為什麼要幫你忙，說點理由看。」

瑙瑪也大笑著說：「本來就是你來得不是時候。老天！這是誰？」她用裸著的手臂指向門口，蜜蕾和我急急回頭。

我聽到濕的光腳板在地下砰然快速走動的聲音，感到一陣旋風。及時再回頭，正好看到瑙瑪抓起晨袍遮在身前。

木蜜蕾大笑，瑙瑪把晨衣遮住前面，用全裸的背對著浴室倒退回去。過不多久，她滿面春風出來，兩手正在為晨袍的腰帶打結。

「你們兩個，合起來整人。」瑙瑪揶揄道。

「真行，」蜜蕾說：「你把我們兩個都騙了。」

我說：「我要知道一件事。假如剛才你要我給你那件晨袍，我聽話小心地把晨袍遞給你。你會說什麼？會有什麼感覺？」

「我會覺得你是標準紳士，」瑙瑪說，隨即又加一句，「但我也會恨你，美色當前，不知道讚美幾句。」

蜜蕾說：「他敢，我把他揪住耳朵擲出去。」

「你敢，我和你拚命，」瑙瑪戲言道，「有機會你試試看。」

「好了，我們現在要工作了，」我說：「你們兩個去海灘。也可以分開去，但是蜜蕾一找到畢先生，我要瑙瑪立刻跟進，和他們在一起。」

「做什麼呢？」瑙瑪問。

「你只要在那裡，不要離開，對他好一點。給他看曲線，做點迷人的姿態。」

蜜蕾說：「我想他有點想成家了，唐諾。他親眼看到宜齊結婚後那種快樂的樣子，他也變得羅曼蒂克起來。昨天他吻我的樣子，他變個普通羅密歐了。」

「可能的。」我說。

「我為了鈔票和老頭子結過一次婚。」蜜蕾說：「現在我有錢了。」

「想再多要點？」

「絕對不是嫁給畢帝聞，等他翹辮子。」

「你是這麼說，」瑙瑪大笑地說：「不要忘記還有我。」

「你等不及的。」蜜蕾說。

她轉向我：「我們找到畢帝聞，而後做什麼？」

「而後，」我說：「你們兩個死也不分開。你不斷給瑙瑪暗示，但是她不懂。你叫她去海灘販賣店去買點衣服，她不去。叫她去買吃的，她也不去。你說她去的話，你在她的位置放塊毛巾等她回來等等。反正你不走，瑙瑪也不走。」

瑙瑪說：「我倒楣，一定要做個笨電燈泡嗎？」

我點點頭。

「好！」她說：「我也許會演得相當好，從此改行。」

我說：「我要造成的效果是，蜜蕾很想找機會私下和畢先生密談。但你是她的客人，你是蜜蕾分不開的朋友，你根本沒有想到蜜蕾會有什麼事把你支開。你們是親密朋友，彼此沒有秘密，所以不是笨，是天真，沒有邪念。」

瑙瑪點點頭：「好戲什麼時候開鑼？」

「你們吃過早餐就出場。」

「僕人——水子，怎麼辦？」

我說：「水子當然會懷疑我。我要為自己造個身分。」

「你和我們算什麼關係呢？」

我說：「我和你們兩個在紐約就認識。對你們兩個都很熟。我在追瑙瑪。」

「追到手了嗎？」

我微笑著說：「表演成過去到過手，比較好一點。」

「可以，」瑙瑪說：「給我造一個多姿多彩的背景，我就住在裡面。」

「你們不可以把我一腳踢出去噢。」蜜蕾說。

「在水子向她主子報告之前，」我說：「不會讓你空著的。」

「報告之後呢？」

「很難講。他也許找另一個角度來勒索你。記住，那錄音機仍在錄音。我們一進客廳，必須說些很相熟的話。你們兩個要討論的時候，可以做眼色，說到我，而後兩個輕輕耳語。耳語錄不下來，但反正女孩子都會耳語的。」

「聽錄音帶的人會起疑。既然不知有麥克風，何必要耳語？」瑙瑪說。

「為了不讓女傭人聽到呀！」我說：「你要保護瑙瑪的好聲名，你所以耳語。」

「保護我的聲名？」瑙瑪說：「早餐之前在臥室裡接見以前的愛人？光著身體從浴室出來抓衣服穿？」

「別忘了，蜜蕾也在裡面。我們不可能越軌。」

瑙瑪突然把頭和頭髮向後一甩，大笑起來。

「什麼事那麼好笑？」

「笑你說蜜蕾在一起我們就不會越軌，就安全了。」

蜜蕾仔細想了一下說：「唐諾，你為什麼不——」

「說呀。」我在她突然停下時催著她說。

她猶豫一下，看了瑙瑪一眼，說道：「為什麼你不能在姓巴的出去游泳的時候，到他屋裡去，看能不能把他持有的證據拿出來？這樣他又不敢報警，因為他不能說保留這些證據為的是勒索。」

「你是不是想告訴我怎樣去做？」我問。

她看著我說：「是的。」

「千萬不要，」我告訴她，「我處理過太多敲詐勒索的案子，這種事對我來說變成家常便飯了。至於這件事，裡面還有很多你不知道的特別因素。你只要照我說的去做好了。」

很文雅的敲門聲自房門響起。

蜜蕾躊躇著，看看瑙瑪。

房門被打開，水子不知心思的眼神，橫掃了一下臥室內的情況。「我現在去採購，」她說：「早餐在桌上。」

她把門關上。

「你看看，」蜜蕾說：「這小魔鬼。我們只是晚一點出去吃早飯。她倒好像要趕火車似的。」

「她每天早上去採購？」瑙瑪問。

「是的，而且她非常準時。」

瑙瑪說：「問題是世界上到處都有小魔鬼，即使是太平洋的天堂裡。」

我說：「我要走了，你們快吃早餐，早點去活動。」

「花不了多少時間，」蜜蕾說：「又不要穿多少衣服。」

「再見，」我說：「我走了。」

「唐諾，」蜜蕾說：「你要不要和我們一起去玩水？」

「不要，你們兩個照我說的方法去做。」

蜜蕾說：「我總是有一天會單獨見到他的。拖住瑙瑪一個早上有什麼意思，說不定使她錯過什麼好機會——」

「不可以，你們照我的話去做。」我走出公寓去。

我匆匆回旅社，換了我的游泳褲，租了一塊衝浪板，用手划到夏威夷皇家大飯店為住客預留的海灘邊，最接近畢先生坐著的地方。

我自水中起來，把衝浪板夾在脅下，從沙上走向他。

「哈囉，」我說：「今天感覺如何？」

「感到好多了。日光和新鮮空氣也許對我的關節炎有效。你看，我已經開始曬黑了。」

「小心不要曬過頭了。」

「我倒不會灼傷，最多有點刺痛而已。我相信再曬膚色會健康些。唐諾，你和你的合夥人找到些什麼了嗎？」

「我們各方面都佈置得差不多了。」我輕描淡寫地說。

「不要給我這種空虛、滑頭的說詞。」

我看向他，把兩個眉毛高高抬起。

他說：「你要不是一個一竅不通的狗屎偵探，就是已經知道了不少事情不肯告訴我。」

「我們怎麼會知道不少事情？」我問道：「你堅持我們只能從木蜜蕾那裡問出來，而白莎又沒有辦法可以和她接近。你希望白莎用女人對女人的方法接近她。」

「那有什麼不對？」

「也沒什麼不對。只是目前沒行通，今後也行不通。」

「白莎為什麼行不通？」

「因為白莎不能跑到蜜蕾的公寓，按個門鈴，說聲哈囉，而後告訴蜜蕾，你是女人，我也是女人，你應該信任我，我們兩個來談談。」

「照你這樣說起來，我的計劃一分錢也不值。我不要白莎到她家去，我要白莎無意地在這裡見到她，也許就在沙灘上，隨便地聊聊，甚至白莎可以說是加州的私家偵探。然後蜜蕾也許會請她給些建議，這樣就都可以了。

「老實說，我對你的合夥人有點失望。唐諾，她缺乏想像的能力。」

「她馬上就會下來了。你可以自己告訴她。」

「不要以為我不會。」

我拿了衝浪板走回海去，裝模作樣划出去，偷偷在別的游泳人後面溜回岸上，回到摩愛娜，把租來的衝浪板還掉。我回到自己房間，沖了個涼，把泳褲晾起，站到窗口，把窗打開，看向海灘，試著找蜜蕾和瑙瑪。

這樣遠的距離，想要認出人太困難了。海灘上漂亮女人太多，我手邊又沒有望遠鏡。

我走回房中，坐下等候。所有工作以這種為最苦。什麼事也沒發生。

一個小時、兩個小時，電話鈴響了。

我像女學生等待男朋友邀約參加學校舞會一樣，自椅中跳起。我才把電話拿起，白莎的聲音已自話機中傳出。

白莎完全因情緒激動，聲音都窒息了：「唐諾，看在上帝的份上，馬上到這裡來。」

「哪裡呀？」

「警察總局。」

「發生了什麼事？」

「很多事，快點來。」

「我怎麼找你？」

「火辣麻基警官辦公室。他負責兇殺案。」

我掛上電話，又拿起，接蜜蕾公寓。

木蜜蕾自己來接的電話。

「蜜蕾，我是唐諾。」我說。

「哈囉，唐諾。有什麼新鮮事？」

「你見到畢先生嗎？」

「你是不是在開玩笑？」

「怎麼了？」

她說：「我和瑙瑪穿上比基尼，連我都覺得布料用少了一點，我們去海灘轉，沒有畢先生。」

「他在那裡呀！一頂陽傘下面。」

「沒有畢先生。」

「你確定？」

「當然，我確定。」

「柯白莎？」

「你說和你一起從船上來的女人？」

「是的。」

「我們也沒見到她，她也會在一件泳衣裡嗎？」

「可能。」

蜜蕾忍不住笑出來說：「沒有，我們沒有見到她。」

我說：「算了，不要亂動，有件事發生了，我還不太清楚。」把電話掛斷。

我來到警察總局，找火辣麻基警官，立即被接待。

白莎和畢先生直直地坐在那裡，樣子有點恐懼。火辣麻基警官坐在辦公桌後面。警官和我握手。

「我只是要弄清楚一兩個小關鍵，」警官說：「柯太太說你也許可以幫忙。」

「有什麼嚴重事情嗎？」我問。

「畢先生——」火辣麻基警官說：「在我們來說，他是一位不合作的證人。」

畢帝聞看著我，把手杖頭抓得更緊，侷促地搖動著。

火辣麻基警官看看我說：「當然，你們也不必假裝什麼互不認識，或是職業身分等等。島上的警察在你們船一開航，就有了旅客的全部名單，我們一向很注重哪些人要拜訪我們。」

我點點頭，什麼也不說，這時不開口可能最安全了。

「所以我們早就知道柯賴二氏私家偵探社的大名了，我們也知道畢帝聞的背景。我們預測他的光臨有特殊緊急的意義。」

「緊急？」

「畢先生不斷用各種方法要弄到船票，他花了很多人力及財力。他有了預約的船票，但是直到出航前一天才知道這些船票給什麼人用。」

我點點頭，讚許他的聰明。

「我們希望得到的是坦白的說明。」火辣麻基警官說：「你們二位來這裡是應聘而來的。你們的艙房都是畢先生預訂的，很明顯你們是他請來的。畢先生的主要興趣當然是一位木宜齊太太也感興趣的經濟問題。」

「我認為她希望別人叫她木蜜蕾太太，」畢先生糾正地說：「我不希望你們警察把二和二加起來變成二十二。」

「好，就叫她木蜜蕾太太，」火辣麻基友善地同意，「我們猜測畢先生來這裡，是為一件和木蜜蕾太太有關的大事。」

「你怎麼會這樣想呢？」畢先生問。

「據我知道你在島上沒有事業，也沒有朋友。但是你告訴麥遜航運公司，你這次是為十分重要的商業旅行。」

「我只是要達到來這裡的目的。」畢說。

「你聘請柯太太和賴先生的合夥公司來幫你度假休閒？」

畢先生不出聲。

火辣麻基搖搖頭，他說：「對於賴唐諾多次進進出出木蜜蕾的公寓，你怎樣解釋？」

畢帝聞直一下腰，怒視著我。

「最後一次，」火辣麻基警官說：「是今天早上早餐之前，小姐們還沒有穿衣服。賴唐諾顯然是個『好』朋友。」

「賴唐諾，你這個騙人的狗雜種！」畢先生一下落進了火辣麻基的陷阱。

「兩位小姐邀請他到臥室去，看她們換衣服。」

「兩位小姐？」畢先生問道。

「兩位一起。」火辣麻基警官說。

「警官，」我問，「你們對每位到島上來的訪客都這樣仔細招呼的嗎？」

他看著我，微笑說：「不是。」

「謝謝你。」我告訴他：「我要引以為榮。」

「你應該的。」

畢先生冷冷、怒氣沖沖地注視我。

火辣麻基警官對我說：「我們有理由相信畢先生親見一個人被謀殺。而畢先生對能給我們的資料特別含糊。」

畢先生說：「我知道的都告訴你們了。」

「我們認為你會幫助我們更多。」

「能不能，」我說：「請你們告訴我，什麼人被謀殺了？」

火辣麻基警官說：「謀殺地點是泊奴拉道九二三號，受害者是巴吉祿，他從本土來，已一個月。」

畢先生對我說：「白莎和我開車一起去的，我想和那傢伙談談。」

「為了什麼？」我問，把臉裝成很無辜，沒有表情。

「因為有一件生意，我要自己和他談。」

「什麼生意？」

「純私人性質的。」

火辣麻基說：「講呀！繼續講下去。」

「我已經對你說過五、六次了。」

「你沒有告訴過賴先生呀，我知道賴先生已經好奇得等不及了。」

畢先生說：「那條路很狹，狹得沒有地方停車，除非轉出來，否則其他車就進不去。我離開車，我按門鈴。沒有人應門。我又按鈴，還是沒有人應。我想住這裡的人可能下到海灣游泳去了。我可以聽到下面海灣有不少人聲。」

「說下去。」我說。

「我踮起腳尖，從窗裡經過沒有關攏的百葉窗一看。」

「怎麼樣？」

他顫慄、有點緊張地說：「我不要再想它。」

「繼續講，」火辣麻基警官說：「反正你以後還會不斷地講，講多了就不會緊張了。」

「我看到一個男人，伸手伸腳仰臥在床上。他明顯的在兩眼之間被開了一槍。」

「你還看到些什麼？」

「我看到有人在逃走。」

「男人還是女人？」

「是女人，我告訴過你的。」

「什麼樣子的女人？」

「這我講不出來。我只見到她的背面。一眨之間看到的腿和臀部。她也許穿著泳裝，也許是裸體的。我也無法看清楚。」

「她在幹什麼？」

「我見到她只是快速的一瞥，她自房門中逃出。」

「你能不能形容那件泳衣？」

「非常貼身，我不能確定有泳衣在身上。也許是裸體的。」

「你當時怎麼辦？」

白莎開口說：「他回到車旁來。我坐在車裡，要看屋裡有沒有人再決定要不要停車。畢先生按鈴，我坐在車裡看他的樣子，知道屋裡沒有人。我看他向窗裡看，之後他急急回車邊來，揮著手盡可能的快走。他有關節炎，他不能跑，但他盡可能快地拖著腳在走。」

「之後又如何？」火辣麻基警官研究著白莎問。

白莎說：「他把看到的告訴我，叫我快找電話報警。」

「你怎麼辦？」

「我把車留在原地，爬石級，報警。」

「之後呢？」

「我報了警回來，也向窗裡看，看到那屍體。畢先生和我決定坐在車裡等警察來。他們來得很快，只幾分鐘。」

「你去哪裡打的電話？」

「在我第一次、第二次、第三次、第四次、第五次告訴過你的地方。」白莎生氣地說：「我爬了一百零五級石階，到上一層最近的鄰家借打的電話。」

「那個屍體在裡面的房子，你沒有進去吧？」

「當然沒有，這點常識我有。」

「畢帝聞呢？」

「當然沒有。」

「從你打電話的地方，你可以看到他？」

「事實上，我是可以看到他的。我告訴那個女人發生了什麼事和我要幹什麼之後，她帶我去打電話。在打電話的地方有一個窗，正好看到畢先生站在那裡，像隻迷失了的羔羊。」

畢先生說：「我甚至連門都沒有碰一下，我總不會笨得跑進去。」

「是的，你可能沒有進去。」火辣麻基警官說：「但是，對於那個女的，我們認為你絕對看到的比說的要多。」

「但是，這不是事實。」

火辣麻基警官轉向白莎：「你打完電話，回到現場的時候，你有沒有試著去看後門？」

「沒有，我們為什麼要呢？」

「因為房子裡有個兇手在呀！」

「因為裡面曾經有兇手在，」白莎糾正說：「她當然不會留在裡面。畢先生只見她自房門逃出去。她聽到門鈴聲，她趕快逃走。」

「她怎麼逃走的呢？」

「從後門，也許。走下步道石級，到小海灣，進去游泳，從另外一邊出來，坐進她的車，或許回她住的房子。老天，我怎麼知道她怎樣逃走，但是她一定是逃走了。」

「假如畢先生沒有看清楚是什麼人，也沒有故意不讓你知道她是什麼人的話。你只要向上爬幾步山，就可以既看到小海灣，又看到下去的步道石級。那個女人說什麼也會看得清清楚楚，對不對？」

白莎說：「我又不是隻羚羊。從前年輕時的爬山技能也在最近幾年大大減低。爬上山脊，在岩石和岩石間跳來跳去？你看我能嗎？」

「畢先生在現場。你去鄰居家打電話時，他有的是時間，顯然他只呆呆地站在門口。我要提出來的事，非常奇怪。你們兩個對幾乎光了身子逃出來的殺人兇手，連一點點好奇心也沒有？」

「畢先生因為關節炎，等於殘廢，至少行動非常不便，」白莎說：「叫他移動十分困難。」

火辣麻基搖搖頭，仍然十分固執地說：「我還是認為畢先生可以再正確一點形容這個女人給我們聽。」

畢先生做了一個小規模的聳聳雙肩。

「有沒有什麼人你想保護？」火辣麻基警官問。

「當然沒有。」畢先生憤慨地說。

警官說：「說來你不信，畢先生，因為事實上，我們正好對巴吉祿先生知道得很多。」

畢先生突然把背在椅子上挺直，但臉上還是沒表情。

我看向白莎。她的臉像石雕。

「那位先生，」火辣麻基警官說：「是一個非常能幹、熟練的職業勒索者，他靠勒索維生。生活得非常好。

「和你們同一條船，來了一位丹佛警察總局的警探凌艾佳先生。凌警官是為公事而來。他知道巴吉祿在夏威夷，而且知道他來夏威夷是為勒索。凌警探有理由相信他的勒索對象不是別人，正是受你監護的木蜜蕾。」

「我根本不是她的監護人。」

「好吧，你是她財產的託管人。」

「這並不表示我在監護她，我還希望我能監護她呢！」

「為什麼？」

「因為我控制不住這女人，我不能使她瞭解情況的嚴重性。」

「什麼情況？」

「她的經濟情況、她的社交情況，和不論她對宜齊的看法如何，至少要有哀悼的樣子——我這樣形容不好。這也不是我想表白的合適字句。我真正的意思是我想要給她點印象。她個性應該是——應該不那樣輕浮。」

火辣麻基警官深思地看著畢先生。他說：「在夏威夷群島上，我們工作不太受財富和權勢的影響，我們調查案件時總是盡力鍥而不捨。」

「我很欣賞。」畢先生說。

「假如我們發現有人作了虛偽的陳述，我們會很無情。」

「本來就該如此。」畢先生說。

「你還有什麼要加在你的陳述裡嗎？」

「完全沒有。」

「你認為你看到的女人穿著泳衣？」

「我想是的。」

「你想她年輕？」

「她動作很輕巧，優雅，也很快速。」

「多高？」

「是個相當高的女孩。」

「瘦的？」

「不是，腿和背都很美。」

「發育很好？」

「是的。」畢帝聞回答。

火辣麻基警官自辦公桌後站起來，他說：「假如你們各位原諒我一下的話，我要去和凌警官交換一下意見。」

警官離開房間，房間的門自動閉上。

我一下站起來，指一指辦公桌上那隻燈座特別怪的照明燈，用右手食指垂直放在嘴唇上，作個噤聲的警告。我說：「快一點，快把究竟發生了什麼事告訴我。怎麼回事？」

畢先生說：「事實上，我們——」

白莎一腿踢在他小腿脛骨上，他極痛下幾乎大叫。

白莎說：「我們，說的都是實話，發生的一切，就像我們告訴警官的一樣。」

「他認出那個女人是誰嗎？」我問。

「問他。」白莎說。

我又用手做了一次警告手勢，說：「畢先生，快點老實告訴我，我們是為你工作的，必須要知道實況。告訴我們也絕對沒有關係。你認識那個女人嗎？」

「絕對認不出。」畢先生終於弄懂了，「我告訴警官的都是實情。」

「完全真的？」

「完全真的。」

「你沒有隱瞞一點點？」

「一點也沒有。」

我說：「我們對這一類的事有很多經驗，而你沒有。畢先生，我再問你一句，你說的都是實話？」

「都是實話，一點也沒有隱瞞。」

「好吧，」我說：「聽起來是有點怪。你看到那女孩走出房門，但是不能做較實在的形容。你第一眼看進窗的時候，她在哪裡？」

「我不知道，」畢先生說：「她也許站在暗處。你知道，東西只要動一動就會吸引注意力，我先看到白色的東西移動，然後知道是女人的腿——裡面沒有太多光線。很多地方都是暗的，從窗裡不容易看透全室。我想外面光線太亮，玻璃上有反光，使我也看不太清楚。無論如何第一眼看到那女人，只是腿和背部。」

我轉向白莎：「把全部事實告訴我，白莎。不要隱瞞。」

「豈有此理，」白莎說：「我為什麼要隱瞞？這是件謀殺案，我絕對不接受謀殺案件。我告訴你事實，我個人認為他根本不知道那女人是誰。」

「但是你認為是女人？」我問畢先生。

「至少是女人的腿和臀部。」

「怎麼樣的泳衣？」

「假如是穿了泳裝，是——我不準備說有穿泳裝。我認為她什麼都沒有穿。」

「之後她如何了？」

「她明顯自後門溜走了。」

「你怎麼知道？」

「我想我站在那裡時，聽到後門碰上。」

「你什麼也沒有做？」

「我能做什麼？你想我的情況能不能兜過水泥牆，去面對才殺過一個男人的女人？別傻了，這本來是警察的工作。我已經不是年輕人了。我的體能狀況根本不允許我去和兇手拚命。」

「她沒有兜到房子前面來？」

「沒有，」他說：「據我研究結果——雖然我沒有告訴警察，我想她在小海灣游泳，罩個長袍，裡面沒穿任何東西。我想她打開後門，脫去長袍，裸體走了進去。這樣什麼人也不會在衣服、甚而泳裝上發現血跡。謀殺完成後，她從後門逃走，穿上長袍，走下步道又回到小海灣。

「她第一次上來的時候，可能從別的步道上來，好像是晨泳回來，不會有人注意，更不會有人知道長袍裡是裸裎的。」

「照你這樣說，她又去哪裡呢？」我問。

「那一區大概有六棟房子，造在岩石的小山上，下面就是可游泳的小海灣。上下山的路分成三層。她可能向上爬一層到公路上。她的車也許泊在那裡。她也許在柯太太報警前已經開溜了。」

我說：「我看我們也沒什麼好做了，反正這是警察的事。你認識姓巴的嗎？」

「不認識。」

「見過他嗎？」

「從來沒有見過。」

「白莎，你認識他嗎？」

白莎搖搖頭：「我看過屍體，不認識，也沒有聽到過這名字。」

「那你們為什麼要去那裡？」

「我們去，」白莎說：「是因為有人告訴我，住在那裡的人正在勒索木蜜蕾。」

「什麼人告訴你的？」我問，兩眼直視白莎。

「這是另外一件事，」白莎說：「目前，連你我也不洩露。」

「為什麼？」

「這是機密的來源，我絕不洩露給任何人。我答應不洩露，絕對守信。」

「在你的本意，你到了那裡準備怎麼辦？」我問。

她說：「我準備好好的恫嚇他一下，我討厭卑鄙的勒索者，我要和他攤牌。」

「要是他不受恫嚇？」我問。

「那我另有一套，」畢先生說：「我帶了我的支票簿。賴先生，既然你想知道每件細節。」

「我是要知道每件細節，」我說：「謝謝你。還有什麼嗎？」

「差不多了。」畢先生說。

「沒有了。」白莎告訴我。

我們點了菸坐下等候。

兩分鐘之後火辣麻基警官進來，後面跟著丹佛警察局的凌艾佳警探。

「哈囉，凌先生。」我說。

他點點頭，簡單明瞭地說：「我們打開窗子說亮話。我到這裡來表面上是度假，事實上我服務於丹佛總局，而且是兇殺組的。」

我點點頭。

「我先不談細節，」他說：「但是我們有理由相信，木蜜蕾也許謀殺了她的親夫木宜齊。」

畢先生在椅中把他的背挺直，試著把自己站起來，但沒有成功，他虛弱地腕力沒有給他足夠的支援，他伸手拿手杖。

「大庭廣眾之間，說這種沒依據的話，我不會放過你的，」他說：「你——」

「閉嘴，」凌警探告訴他，「你聽著就可以了。我們有理由相信租了那幢小房子的巴吉祿有些證據，可以證明木蜜蕾謀殺木宜齊。」

畢先生勇敢平靜地說：「第一、木宜齊不是被人謀殺的。第二——」

凌警探搶嘴說：「你對木蜜蕾多熟悉？」

「我知道她是個天真無邪，正派的人。她也許不死心塌地愛上宜齊，但是她和宜齊有個約定，她確實堅守她這一方面沒有出錯。」

「對她的過去，你知道多少？」

「不知道，」畢先生說：「但是我也不須知道。」

「她的過去，」凌警探說：「以一般眼光看來非常複雜，在多姿多采中當然有不少污點。」

「照你這樣說，」畢先生揶揄地說：「女人結婚的時候不是處女，她就可能謀殺親夫，是嗎？」

「不是這樣說，」凌警探不動肝火，對畢先生的諷刺沒有生氣，平靜地說：「我們只是把本案每個人的背景弄清楚。」

畢先生憤憤地坐在那裡，雙目緊閉，保持靜默。

「蜜蕾以前是個專門在遠航船上出擊的花花女郎，」凌警探說：「她也是在一次航行中和木先生相遇，那時她叫傅蜜蕾。木先生是個有錢的寂寞人，蜜蕾是一包人肉火藥，她有瑙瑪和她合作。她們搭配十分完善，木宜齊娶了蜜蕾。」

畢先生說：「你聽著，我是木宜齊的合夥人。我對他的感覺和想法知道很多。既然你提起了這件事，我要和你說明，他並沒有受到蜜蕾的蠱惑。木宜齊知道蜜蕾是個亂混的派對女郎，但是他喜歡她。她有本領使他大笑，她讓他對人生有樂趣。他很寂寞，希望有年輕人的伴侶，他願意出錢買到這一切，他主動和蜜蕾交易，要她嫁給他，由他來照拂她生活。對這次買賣她守了她的信用——他也守信了。」

「問題是，」凌警探說：「木宜齊比較守信，做到了諾言中所有的條件。蜜蕾只跟著玩了一會兒，但她不肯等。」

「你說她不肯等，是什麼意思？」

「就是不肯等。」凌警探說：「蜜蕾耐心不好，她活動力太強，忍耐力自然不夠。她決定用點砒霜。」

畢先生說：「你瘋了！」

凌說：「我有證明。而且正在蒐集更多的證明。我想不久會有個相當完整的案子。」

畢先生說：「醫生說宜齊是自然死亡。」

「但是症狀和砷中毒一樣。」

「死亡證書說是急性食物中毒。」畢先生說。

凌先生什麼也沒有說。

警官火辣麻基看著他。

凌先生點點頭。

火辣麻基說：「我想暫時到此為止。你們各位都可以離開了。有事我們會去找你們。」

我們站起來，一起離開。

白莎說：「唐諾，我坐你車回去。畢先生租一輛房車，他能自己開回去。大家先回夏威夷皇家。」

我和白莎進了我的車。我仔細看過車裡沒有錄音機，沒有麥克風。我說：「白莎，告訴我怎麼回事。」

白莎說：「老天，我這下弄糟了，我混了進去，我真嚇愣了。」

「你做了什麼？」我問：「你跑進那屋裡去了？」

白莎點點頭說：「白莎進去了。」

「告訴我。」

她說：「是畢先生說動我進去的，我知道這險冒得太大，但是畢先生在我眼前晃動支票簿——你知道白莎，她絕不能拒絕多弄點外快。」

「說呀！」我說：「告訴我，這是什麼時候的事，是你報警前？還是報警後？」

「報警之後。像我所說，我報了警。我趕快回來，我和畢先生一起站在門廊下等候警察前來。」

「之後呢？」

「之後，」她說：「畢先生突然想到，他告訴我巴吉祿是個勒索者，他正在勒索蜜蕾。巴吉祿的被謀殺是最壞的事，因為他一定藏有足夠入蜜蕾於罪的證據在屋裡。他說警察要是先找到的話，一切就沒有戲唱了。」

「他有沒有胸有成竹，巴吉祿到底有哪一些可以入蜜蕾於罪的證據？」

「蜜蕾過去生活的什麼東西。我相信她是個派對女郎，沒有錯。明顯的，畢先生都知道，但根本不在乎。我不懂，唐諾，也許內情比這更嚴重。也許，她決定早點擺脫她丈夫是真的。這些野女人，你知道她們會搞什麼，她們想法快得很，一天三變。她和瑙瑪都是現代女性，和我不是同一種方法教育——」

「不要管這些，」我阻住她話頭，「畢先生從哪裡聽來巴吉祿這個名字的？」

「我告訴他的。」

「什麼時間，什麼地點？為什麼告訴他？」

「在海灘上，你離開幾分鐘之後，因為那王八蛋在嘲笑我，他說我們什麼事也沒有做，他說我們在浪費他的錢，他說他後悔帶我們來，他非常不滿意。」

「有沒有告訴他，你怎麼知道的？」

「沒有，這一點你可以信任白莎。我告訴他我要保密我消息的來源，正如我對警方所說。」

「保持這種說法，」我告訴她，「因為今天早上我到那一帶鬼扯過一陣，最好警方不知道這件事。」

「他們不可能把這件事推到你頭上，」白莎說：「兇案發生正好在我們到達之前，驗屍官已證明這一點。」

「好，」我說：「把真相告訴我。畢先生看到的是不是木蜜蕾？」

「我想是的。」

「你不知道？」

「不知道，他什麼也不承認。」

「那你為什麼想是木蜜蕾呢？」

「因為他形容的時候，多方在逃避。我認為他看到的比形容的要清楚得多。」

「好，再問個問題，是不是畢先生幹的？」

「不是！他不可能。」

「你怎麼知道？你見到他的時候，他在海灘上嗎？」

「他和我在一起。你一離開他，我就找到他了。他曾經離開我視線，那是我們回夏威皇家換衣服。除了那一點時間外，他一直和我一起。而後我找最近的鄰居借打電話報警，分開了一下——但是這是謀殺案發生之後的事。」

「還有一段時間，」我說：「他走出車，走去大門時。」

「我眼睛沒有離開過他，」白莎說：「他按鈴，自窗口向內望，很快的走向我。唐諾，我看可能是木蜜蕾。真是她的話，我們保護不了她。」

我又想了一陣，說：「這要看警方找到什麼了。之後那邊發生了什麼事，統統告訴我。」

「我報了警，畢先生告訴我看起來這個人是在床上被殺的。顯然他在看報，報紙在床邊地上。畢先生說他可能打開門，拿進報紙，躺下來看報。如此說來前門可能沒有鎖。」

「說下去。」我必須不斷催白莎。有點像拔她牙齒。

白莎說：「我願意讓他滿足他的好奇心，所以他試轉門把的時候，我也沒有阻止他。」

「之後呢？」

「就像從屍體在床上位置看出大門可能沒上鎖一樣，他的推理還滿準的。門是沒有鎖，他打開大門，我們可以大模大樣進去。跨進門好像很自然簡單。我有一點退縮，但是畢先生忙著用支票本的聲音說服我，白莎無法拒絕。」

「你笨蛋，」我說：「你怎麼可能進去了而不留下指紋——」

「別忙，」白莎說：「畢帝聞倒不是那麼笨，再說即使他笨，我又不是白癡。我拿出手帕，在進門之前就把門把擦乾淨了。我也警告畢先生，不可留下指印。

「畢帝聞的口袋中始終帶著一副薄手套。他說他要四處找一下，叫我什麼也不要碰。」

「好，說下去。」我說。

「我們走進兇殺發生的房間，四處看看。畢先生打開幾個抽屜，看看巴吉祿的衣服，找到他的皮夾。」

「裡面有什麼？」

「喔，一大堆的錢，」白莎說：「和一些紙張。」

「紙張是什麼？」

她說：「這我就不知道了。畢先生快速地看了一下，放進了口袋。」

「真是瘋子，」我說：「警察只要一搜身——」

「慢來，」白莎說：「不要那麼快下結論。畢先生很聰明。他在裡面不到五分鐘，我在裡面不到兩分鐘。」

「畢先生有想到警察會帶他到總局搜查他。所以他要找個地方警察不會去找。而事後我們要的時候隨時可以拿回來，把這些東西藏起來。」

「找到這種地方嗎？」

「那幢房子前面有垛石磚牆。我們從房裡出來後，他把這些紙塞進一隻手套裡。又把手套搓成一團塞進一個縫裡，從牆腳下找了點小石塊把裂縫堵了起來。」

「你不知道是什麼紙張？」

「不知道，我懷疑畢先生自己知不知道。他只匆匆看了一下，但是很明顯是誤打誤中，正是他要的東西。」

「還有什麼事？」我說。

「在一個櫃子裡，」白莎說：「有很多卷錄音帶，有一台錄音機。我想有的帶子上有錄音，有的是空的。可能是蜜蕾和瑙瑪對話的錄音，但是我們不敢碰它。我們也拿不出來。」

「警察會看到的，」我說：「還會一卷卷聽。恐怕今天晚上警察就會找她們兩個晦氣了。快講，還有什麼？」

白莎說：「現在，我要說到我擔心的地方了，我一定是完全發瘋糊塗了。」

「快說，」我不耐煩地催著，「我們沒有一整天來聊。你這樣慢吞吞對我們一點好處都沒有。」

白莎說：「講到現在為止，我都沒犯什麼法。只是畢先生在做這些不法的事情。」

「你進了那扇門。」

「沒有錯，我進了門，但是我什麼東西也沒有碰。」

「講下去。」

白莎說：「我那時心理開始發毛了。真的怕了。」

「也應該是時候了。」我告訴她。

她說：「我告訴畢先生，我到外面把風，警察來的話，我吹口哨警告他。」

「於是怎樣？」

她說：「我退出去。」

「讓畢先生一個人在裡面？」

「是的。」

「說下去。」我告訴她：「你心中有事，我知道。看老天份上，說出來好嗎？」

她說：「我退出門的時候，我只站在小小進門玄關一秒鐘。那裡有個書架，好幾本書在上面。有一本書突出了些。我想說是做偵探的本能才發現得到，但是不是，是女人做家事的本能。你這小子不准笑我還有女人的本能。」

「我沒有笑呀。」

「那本書只是裝成一本書而已。我只一接觸就知道裡面有東西。我把它拿下來，書頁被挖空了，只有書皮子。」

「快說呀！」我說：「我要知道警察今後會知道些什麼。」

白莎說：「畢先生在房裡東摸西翻。我拿在手裡的書，書頁挖空了，裡面是一架普通的電影攝影機。」

「如此而已？」

「如此而已。」她說。

「你把它怎麼樣？」

白莎說：「我想到有問題之前，我曾把攝影機拿出來，看了一下，然後突然發現我把指紋留在整個東西上了。我把手帕拿出來，把書面擦拭乾淨了。於是我開始擦攝影機，發現機上到處是指紋，可能不容易全部清除。」

「那你怎麼辦？」

「我偷了那架攝影機，把假的書放回書架上。」

「那架攝影機，你把它怎樣了？」

她說：「我也怕警察搜索我，我想到一個妙方。我走向私車道和汽車道交叉的路口。

那裡一共有六個信箱。其中有一個信箱上漆的姓是『白』。我不知道這一帶信件什麼時候分送，但我想可能要到下午很晚才會來。無論如何我一定要冒這個險，我打開信箱門，把攝影機塞在裡面。」

「信箱上留下指紋了嗎？」

「沒有，我儘可能擦拭了一下，但仍有點提心吊膽，我也許沒擦乾淨，我沒有手套。」

「之後呢？」

「之後我回到大門口，差不多時間我聽到警笛聲。我給畢先生一個信號，他就走出來。我問他有沒有找到別的東西，他說沒有，只有那些紙。」

「那時他已把這些紙藏起來了？」

「還沒有，他還握著。就在這時，他把紙塞進一隻手套，把兩隻手套一起搓成球狀，塞進牆上的裂縫，用牆下地上的小石塊把它堵起來。我想這些石塊本來是牆上掉下來的。」

「你沒有告訴畢先生有關攝影機的事？」

「唐諾，」她說：「我沒有把攝影機的事告訴任何人，我也不會告訴任何人。有人要牽到我，我會死咬不知情。真是做得笨死了。但是我有個概念，裡面可能有卷底片對本案很重要。也許就是他用來勒索的東西。」

她停下懇求地看著我：「唐諾，你又勇敢，又有辦法。也許你能去把攝影機裡的底片取出來，送去沖洗出來。警察會注意畢帝聞，他們在注意我，但是你去的話，可以大大方方的辦這件事。」

「你為什麼不把攝影機的事告訴畢先生？」

「讓這個全身喀喀響的客戶逮住我白莎的小辮子？」白莎反駁說：「這玩意兒等於把頭送進吊人結裡去，你知，我知，到此為止。當然到了最後，討論要畢帝聞付多少錢的時候，我們會讓畢帝聞知道的。你看畢帝聞會不會說：『柯太太，你為我做這件不法的事，為了我甚至肯冒執照被吊銷的危險，所以我要特別給你點獎金。』但是，假如他現在知道了我做了犯法的事，知道這可能會吊銷我吃飯執照，他會神氣起來，說不定指使我做這做那。就好像現在，他知道我知道他犯了法，他不應該進去又拿走證物，所以現在是我有他的小辮子。」

「你沒有在裡面搜索？」

「我非常小心沒有動手，只是站在門邊觀看。」

「你出來，把攝影機放進別人信箱的時候，你不知道畢先生在幹什麼？」

「他在搜查。」

「你不知道他搜到什麼？」

「他說他沒有找到什麼。」

「這只是他告訴你，事實上你沒有辦法知道。」

「是的。」

「現在，你能不能告訴我，那手套被塞進牆裡的正確位置？」

「大概距私車道十英呎，三分之二的牆高地方，有一塊石頭濺了一點白色的污漬。裂縫就在這石塊的正下方。」

「好，我看看有什麼辦法。你要把嘴閉緊。」

「這我會，」白莎說：「不要以為我是長舌婦。」

我說：「另外還有一件事，白莎。那房裡有多少血？」

「相當多，做得不乾淨俐落，房裡相當亂。」

「警察暫時不會有空用顯微鏡來做全身的檢——」

「我沒有走近過任何血跡。」白莎說。

「畢先生呢？」

「他盡量小心了。」

「盡量小心，」我說：「不能說絕對沒有。據我看，這裡的警察相當能幹。我看到火辣麻基曾仔細看你的鞋、畢先生的鞋和衣服。」

「怎樣？」白莎問。

我說：「今天晚些時候，他們會找點理由到你房間來。假如他們發現你今天穿的東西不見了，尤其是鞋子，他們會知道答案。現在警告一下畢先生是你的責任。叫他不要把衣服、鞋子拋掉，尤其特別小心不要送出去洗。」

「假如他鞋子上有血跡怎麼辦？」

我說：「叫畢先生下去在海灘上散步。叫他在沙地上下上下，因為他有關節炎，他只好拖曳著走路。」

「我懂了，」白莎說：「你要去幹什麼？」

「替你去擦屁股。」我告訴她。

第十三章　信件的微縮照相

這個時候，假如因為超速被逮住，絕對不是好玩的事。我一點也不喜歡我現在要去做的事，但是還是要去做。

我確定沒有人在跟蹤我後，把車開到我敢開的最快速度。我對這條路已很熟了，所以省了不少時間，一下就接近了尼泊奴拉道。我把車轉進，開到差不多八百多號那一方塊，找了一個地方把車停下。

出事才不多久，談論謀殺的興趣尚未減低。警察已在街上圍了一條繩子，好奇的人還是會跨過繩子，照個相，談一談，張望張望。

信箱附近集了不少人，倒給我很多方便。我站在附近，等到有一個機會，大多數人在向那房子看時，我把姓白的信箱打開，伸手進去。

我大大鬆了口氣，攝影機還在裡面。

我輕輕把它拿出來，用肩頭把信箱蓋推上，跟了看熱鬧的人混了一陣，回進汽車，直接回摩愛娜。我有一小時左右可以自由行動，不會比一小時多。

我把電影攝影機打開。

攝影機是卡式的。裡面應該有個扁扁的底片卡匣，但是沒有。原該是卡匣的空間，有一小卷的底片，兩張租保險箱的收據，一個是舊金山的銀行，另一個銀行在鹽湖城。兩把鑰匙都在裡面，都用面巾紙包著，所以移動時不會發出聲響。

我先看那一卷底片。

這是已經沖洗的一卷微縮底片。我常帶在身的小放大鏡使我看出信件的微縮照相。至少有百餘封信。

其中有一封信是女人筆跡，我把放大鏡放上去。顯然是瑙瑪寫給什麼男人的。非常熱情。這小呆瓜居然還簽了她的真名。

我沒有時間多作瀏覽，我是抓了一包火藥在手裡，我把這些東西放進口袋。

我開車找到一家照相機店，我買了一匣新的底片，把它裝進攝影機去。然後我開車到皇帝街，去那個小間諜停泊她車子的地方。

她很粗心，連車門也沒有上鎖。

我拿她停在皇帝街的車拍影片。從車前拍，從車後拍。然後我花了很長時間把攝影機上的指紋都擦掉。把攝影機放進水子車子的手套箱裡。我走進雜貨店，買了隻鬧鐘，把鬧鐘自硬紙張盒中拿出來，把微縮底片及鑰匙放進盒子裡，封起來，來到郵局，以航空郵包把紙盒寄給辦公室地址，由卜愛茜親收。

火辣麻基警官看起來的確是非常能幹的警官。我想他只要有我想像一半那麼聰明，他就會把我們留在警局，而由別的警察去搜查木蜜蕾的公寓。但是為了證明這一點，我故意駕車經過她公寓，門口有兩輛警車。

沒有見到木蜜蕾和雷瑙瑪的影子。

我把車停在公寓對街，注意著公寓，看看會有什麼發展。門前停著兩輛警車，使我知道兩個女人還在屋裡。

我的想法是對的。十分鐘之後，兩個警員監護著蜜蕾和瑙瑪出來。他們把兩位小姐放在同一輛警車內，開走。

她們走後，我穿過馬路，來到公寓，敲門。

暫時沒有什麼反應。而後，門突然被一位警員打開。

「進來。」他說。

我搖搖頭。

「進來！」這次是命令式了。

我說：「對不起，我不想進來。我只是告訴你應該徹底搜查這個公寓。」

「你是誰？」

「我是這些女郎的朋友，我有興趣查出是誰殺的人。」

「進來。」他說：「我有興趣查出你是誰。」

「我告訴過你我不想——」

他把手伸出來，抓住我襯衫的前襟，把我拉進門，用力轉了個大圈推進一張椅子。

「別耍花樣，」他說：「我叫你進來，你就進來，你是誰？」

我不高興地說：「我是賴唐諾。我是本土來的私家偵探，我是來工作的。我的工作有機密性。我去過火辣麻基警官辦公室，他仔細問過我，放我走路。」

「你到這裡來幹什麼？」

「我來的目的是請你要好好搜查一下。」

「我們的工作不必你管。」

「我希望不必。但是我要求你好好搜查一下。」

「為什麼？」

「因為，」我說：「我不希望事後別人放一點對兩個女孩不利的證物進來。而你們假裝第一次搜查時疏忽了沒見到。」

他想了一想。

「你在代表哪一個女孩子？」

「兩個人中任何一個也沒給過我一文錢。」

「那你起勁什麼？」

「我想找出是什麼人殺的人。」

「你一定想兩個女人中有一個殺了人，否則不會來這裡。」

我打了個呵欠說：「你管你好好搜查房子，你讓我做我該做的事，我們就兩便了。最好當然你們能找到兇手，免得東套西套，弄不好套到我頭上來。」

他仔細看看我：「為什麼說套到你頭上來？」

「這樣你們可以結案呀。」

「我看你倒像是到這裡來栽贓的。」

我站起來，把兩手向外平伸：「搜我一下。」

他搜查了我。

我說：「我只是過來，要你好好仔細地把這裡搜查一下。我知道你會搜查這地方。我知道你會來問她們些問題，然後請你同伴把她們帶去總局再問些問題，如此你可以留在這裡有時間搜查。我等著你兩個同伴把兩個女郎帶走之後，特地進來告訴你。你仔細查過這裡之後，假如再有人發現什麼東西在這裡，對女孩們不利的，都是後來栽的贓。現在你可以開始搜查了。」

他說：「不必擔心，我同伴和我會把這地方一寸一寸地搜。等我搜完了，這地方有些什麼東西，我們不會不知道。」

「那好極了，」我說：「請教一下大名可以嗎？」

「姓戴。」

「好好搜一下。」我告訴他，開始走向門去。

他猶豫了一下，讓我離開。

我回自己旅社房間，換上游泳褲，出去躺在海灘上，又租了個衝浪板，划出去，看看海灘景色。

十五分鐘後，我看到白莎在一把陽傘下面。

我划近海灘，夾起衝浪板說道：「一切還好嗎？」

她怒視著我：「你要批評我身材半句，我用這把陽傘一直趕你回旅館。那件事辦妥了嗎？」

我向海裡望去：「大概可以了。畢先生去哪裡了？」

「我怎麼會知道？我又不是他奶媽。」

我說：「你在這裡幹什麼？」

「看看有沒有機會看到那騷貨或畢先生。」

「哪個騷貨？」

「木蜜蕾呀？」

「她被帶到警局問話去了。」

白莎冷酷地看我一眼。

「真的呀，」白莎譏刺地說：「我真是想不到。」

大家靜默了一下，她又說：「你在這裡幹什麼？遊手好閒？還是虛擲時光。」

「給警察一點時間，可以搜查我房間，」我說：「假如你向上看，看摩愛娜的陽台，可以看到一個便衣拿望遠鏡在看我。我要是向回走，他會通知他同伴離開我的房間。」

白莎嘆氣說：「我想他們也在搜查我的房間。我希望他們不要亂抓一氣，把我東西都弄亂。」

我們坐在那裡不吭聲一陣子。

「真是個混蛋案子，」白莎說：「我們跟了在裡面轉，不知道真正的毛病出在哪裡。」

「你怎麼說我們跟了在裡面轉？」

「我感覺得到呀。」

我說：「我看我最好夾起衝浪板玩玩衝浪，讓那警官看得到我。」

「你什麼時候回你房間？」

「等上面陽台那個人不再用望遠鏡看我。」

我帶了衝浪板下水，把肚子放平在板上，向外划出去。不到半小時，我乘了一個向岸的浪回到沙灘上，那個拿望遠鏡的男人不見了。我還了衝浪板，回到房間，沖了個涼，穿上衣服，開始研究目前的局勢。

我有水子所開車子的牌照號碼，調查結果是租來的。租車公司又告訴我租車的人是巴吉祿。

我知道警察局派去搜查木蜜蕾公寓的人，一定會找到隱藏的麥克風和錄音機，他們一定會嚴詰水子。這會造成什麼後果，是難測的。

我打電話到警察總局，說要找火辣麻基警官說話。

聽到他聲音，我說：「警官，我是賴唐諾。」

「噢，是的，」聽樣子，他的興趣很高，「我要和——什麼呀？噢，對不起，請等一下，賴先生，我要用另外一個電話和你說話，這裡人太多。」

我等著，心裡在笑，我懂他意思。他要錄音這次通話，另外要請個證人在另一個電話一起聽。

不久，他的聲音又響起，友善，親切。「好了，賴唐諾先生，現在可以了。剛才有幾個記者在，我不得不小心點。你找我有什麼事？」

我說：「我對那件謀殺案很有興趣。」

「我知道你有興趣。」

「可能和你想像的有點出入。」

「我們不要有意見。你有興趣又怎麼樣呢？找我有什麼特別原因呢？」

「我找過所有租車公司，看巴吉祿有沒有租輛車使用。」

「有什麼結果，說呀。」

「他有。也有車號。你要不要？」

「不要，謝了，唐諾。我們一個小時之前就知道了。」

「我認為也許會在什麼地方找到那輛車，可能是個線索。」

「其中一輛，在租來房子的車庫裡，你是知道的。」

「其中一輛？你說他不止租一輛車？」

「是的，」火辣麻基警官說：「另一輛不在附近，我們已經請全市巡邏車嚴加注意，應該隨時會有消息。知道它在哪裡後，也許對案情的瞭解更有幫助。」

「兩輛車子？」我說。

「是的，從兩個不同的租車公司租來的，你既然是用電話一家家查的，為什麼你查不出來呢？」

「說老實話，」我說：「我沒有全部查，查到了一家我認為中頭獎了，就沒有再繼續。」

「當然，」火辣麻基警官說：「我不應該主動給你什麼建議的。不過我們比較呆笨一點，中了頭獎還是不會停下來，每件事都會做得很徹底，面面俱到的。」

「謝謝你，」我佩服地說：「我對你給我的建議會記住的，我相信今後我做事會學火奴魯魯方法。」

「還有什麼要告訴我的嗎？」火辣麻基警官問。

「我到木蜜蕾公寓見過姓戴的警員，建議他要徹底搜查那個地方。」

「我也知道了，到底為什麼？」

「今後假如有人栽什麼贓，我希望警方明白這是栽贓。」

「這一點你不必擔心，賴。」他說：「還有什麼事嗎？」

我說：「船上有一個男人，名字叫薛西迺，我認為他是個勒索者。真如此的話，我想他是和巴吉祿有關係的。」

「很好，很有意思，憑什麼你認為他是個勒索的人？」

「他那行為。」

「直覺？」

「可以這樣說。」

他說：「七百一十位乘客，你看一眼就有直覺其中一位是個勒索者，你現在是不是希望我們控告他謀殺罪！」

「我可沒有這樣說。」

「你有這種暗示。」

「是的，我有。」

這句話使他大吃一驚：「你打電話來，真的有這意思？」

「沒有錯。」

「那你一定知道一些什麼，但是沒有告訴我。」

「我覺得短短一個電話，要說也說不完。」

「我是指有關謀殺案的資料。」

「我也是呀。」我說。

他靜默了一段時間：「還有什麼嗎？」

「沒有了。」

「隨時歡迎再打電話來。」他告訴我。把電話掛了。

第十四章　女傭

我繼續監視著木蜜蕾的公寓，曾經搜查公寓的警員已撤走。三十分鐘之後，一輛警車把蜜蕾和瑙瑪送回公寓。

我準備去拜訪她們表示一點慰問，但是還沒有開始過馬路，一輛車自街角快速轉入，停近公寓門口，來的是畢帝聞和柯白莎。儘管畢先生一身關節炎病痛，但是有女士在場，他還必須保持紳士的風度，幫助白莎下車。

這真是一個奇妙的鏡頭。柯白莎，試著作女性雅緻狀，把自己的手交給他。大白莎，她可以把他舉起來，從車頂上摔出去，但她靦腆的依靠著他。畢先生也滿自得於他男性的護花任務。

我微笑著走回車中去等候。顯然他們兩個也是在附近守候觀察，等候這兩個女孩子回來。

白莎和畢先生在一小時之後出來。我等候他們把車開走，而後我通過馬路按門鈴。

木蜜蕾把門打開。「好啦，好啦。是什麼人？」她問：「喔，是唐諾。我正在想你哪裡去了。」

「我在這裡。」

「看來沒錯，進來吧。」

我向臥房一指，她帶我進去。三個人圍坐在床上，用低聲講著話。

「累不累？」我問。

「累，」蜜蕾說：「那些警察局的猴子把我們看成殺人犯。」

「你告訴他們些什麼？」

「我告訴他們很多事情。」蜜蕾恨恨地說。

「他們把你們分開來問，還是放在一起問？」

「先分開來，之後放在一起問，又分開來。」

「你把一切過程說給我聽聽。」

「早上你走之後，我們聽你話去海灘。」

「一起去的？」我問。

她躲開了我的視線。

「兩個人是不是一起去的？」

「開始是一起去的。」

「之後呢？」

「之後，」她說：「瑙瑪碰到了一個她在海上天堂號遇到過的朋友，一個在船上追過她一兩次相當帥的人。」

我看向瑙瑪。

瑙瑪說：「那個人看起來很寂寞，我想我應該停下來伴他一下，打打氣——」

「是哪一位？」

「一個名字叫裘瑞易的。」

「你和他在一起多久？」

「我留下比我想像要多了一點時間，」瑙瑪神經兮兮地笑著說：「我們一起下海游泳，出來在太陽下曬乾，他對我很好。我一直在想不知蜜蕾有沒有找到這位痛痛先生了。但是因為我滿喜歡那位裘先生的慇勤態度，我就怠勤了。」

「多久？」

「我說不上來。」

「後來變成什麼情況？」

「我離開他，走著去找蜜蕾，她已經離開了。我上上下下海灘兩次，從這一頭到那一頭。就是沒看到蜜蕾，也沒看到畢先生。」

「蜜蕾，你哪裡去了？」我問蜜蕾。

她說：「我忍耐著在沙灘上從前到後，從左到右跑了好幾圈，沒有見到畢先生，最後決定應該輪到我坐下來讓他來找我了。」

「他不在沙灘上？」

「絕對不在。」

「見不到你怎麼辦？」

「我走到一艘獨木舟邊上，在獨木舟的陰影裡坐著等瑙瑪過來。我不想自己去找她做電燈泡。不知道這一個她會不會當真。」

「然後呢？」

「天氣很熱，在有遮蔭的地方涼快舒服，我可以聽到海潮拍岸聲，一下就完全睡著了。」

「之後呢？」

「我醒過來，自己也不知道睡著了多久。」

「你有錶嗎？」

「當然沒有，我游泳從來不戴錶。」

「再之後呢？」

「於是我走下海灘去找瑙瑪。我找到和她分手的地方，他們已不在那裡。」

「你怎麼辦？」

「我就回家去了，脫去泳裝，沖個涼，躺下輕鬆一下，舒舒服服。」

「舒服了多久？」

「直到警察來臨。」

「瑙瑪回來了嗎？」

「噢，有。」

「什麼時候？」

「在警察來臨前半小時。」

「你到哪裡去了，瑙瑪？」

「找蜜蕾呀，我良心覺得過不去。我走遍所有海灘就是找不到蜜蕾。連一個我認識的也見不到。我有點怨自己損失了滿好玩的機會，所以回頭又去找那個男朋友，但是他已經離開了。最後我放棄跑來跑去，一個人出海游了一會泳，回家，沖涼，參加了和蜜蕾並肩作戰對付警察。」

「你們兩個互相埋怨不該分散？」

她們點點頭。

「你們也把這事實告訴警察了？」

「是的。」

「你告訴警察你跟姓裘在一起多久？」

「我不知道，我沒有戴錶，他也沒有戴錶。」

「有不少時間？」

「相當久。」

我說：「我想你們會知道，你們兩個中任何一個都可能去那租來的房子，把巴吉祿殺了。」

「別傻了，」瑙瑪說：「我不是那種人。」

蜜蕾格格地傻笑。

瑙瑪說：「這一點警察已經一再指給我們聽了，再聽都要膩了。」

「就算我叫你發膩，對不起。」

「算了。」

我試著不使語氣引人注意：「那女傭人呢？她可以做你不在場時間證人呀。她知道你什麼時候回來，沖涼，躺下休息。」

「不行，水子不在家，她出去採購了。」

「她什麼時候回來的？」

「比瑙瑪早一點點。」

「警察有沒有詢問她？」

「沒有，他們沒有機會，警察前腳從前面門進來，她後腳從後門溜了。」

「妳確定。」

「她一聽到他們宣稱自己是警察，我聽到腳步聲和後門關上的聲音。」

「從此沒有回來？」

「沒有回來。我們離開時到處也找不到她。我們想告訴她我們不在要她看家，但她溜了。」

「你想會不會有警察把她從後門送出去，帶到警局去詢問去了？」

「不會，他們也在找她。」

「你把她名字告訴他們了？」

「是的。」

「地址？」

「我們沒有她地址。她白天來，晚上走，沒有她地址。」

「警察會找到她的，」我說：「假如真要找的話。」

「我想他們要找她。」

我對蜜蕾說：「有個辦法。你打電話給火辣麻基警官，請求他們一定要把你女傭放了，就說晚上要請人吃晚飯，沒有她不行。」

「假如他們已找到她，假如真把她放了。晚飯的事怎麼辦？」

我說：「我是你的客人，我不喜歡菜館的菜。」

「你對我們真好。」蜜蕾輕聲地說。

「我也可以把裘瑞易請來，」瑙瑪趕快插嘴，「我們湊成兩對。怎麼樣？小蕾，我們熱鬧熱鬧。」

蜜蕾猶豫了一陣，走向電話撥警察總局，叫火辣麻基，說道：「我是木蜜蕾，我希望你能把水子放回給我，我今晚要請客人吃飯，我真的不能沒有她。」

蜜蕾靜聽了一會，然後說：「你沒有——喔，我不明白——不，我告訴你，我們沒有她的地址……喔，我懂了……是的，我不掛斷。」

蜜蕾在電話上等的時候，我們都不說話。然後她說：「是的……喔，知道了……非常謝謝。你認為晚飯時她可以回來，是嗎？」

又是一陣靜默。

「我會再打電話給你。」蜜蕾說著把電話掛斷。

「怎麼回事？」我問。

「他告訴我他們找不到水子。就在這個時候有報告進來說，他們找到水子在駕駛一輛巴吉祿租的汽車。」

我說：「那麼巧，那個報告早不來，晚不來，正好在你打電話給他的時候來了。」

「你認為是假的？」

「不是，」我說：「他們早就逮住水子在駕駛那輛車了。」

她看著我說：「唐諾，你知道不少有關這件事的，你沒有告訴我。」

「我希望幫你忙，小蕾。」

「你也許希望幫助我，但是很多事你沒有告訴我。」

我說：「警察找到了那錄音機。他們知道一定有人在管裝帶，換帶。當然他們第一個想到的是水子。好在他們及時的找到她在開巴吉祿出錢租來的汽車。」

她說：「這不就直接證明了她和巴吉祿之間的關係？他們也知道了錄音機是誰的主意了。」

「而且，」我說：「這也直接證明了你和巴吉祿之間的關係。」

她對我這句話想了想，咬著嘴唇。

我問：「至於巴吉祿，你告訴警察些什麼？」

「告訴他們我從來沒見過他，沒聽過他名字，對我完全是個陌生人。」

「沒有承認他曾經想勒索你？」

「別傻了，我自己製造一個謀殺動機，掛在我脖子上？」

「假如他們能證明他曾經勒索你，你就變說謊了。」

「巴吉祿不存在了，他們要證明這一點會十分困難的。」

我說：「小蕾，我問你。今天早上水子出去買東西，去了那麼久。她去買什麼東西？」

瑙瑪和蜜蕾交換眼神。

「我們不知道。」

我說：「我們找一找，看能不能查出來。」

我們走出臥室，在廚房及冰箱裡東找西找。我們找不到任何水子新買回來的東西。

「好了，」我說：「我們暫時記住這一點。」

「但是她不是穿泳裝的呀！」蜜蕾說。

我把她們帶回到臥室，我說：「根據畢先生所說，他看到自房中逃走的女郎，可能是裸體的。聰明人可能故意把衣服脫掉，如此萬一有血跡染在身上的話，她可以回家洗掉。比染在衣服上不易除去方便得多。」

「這想法不錯，」蜜蕾說：「不知道警方會不會想到。」

我說：「毫無問題，警方是會知道這一點的。所以我又想到一個好方法，你可以再打一個電話給你的好朋友火辣麻基警官，告訴他你要和水子講話，就說十分重要，請火辣麻基警官在水子被帶進來詢問時，先打電話回家。」

「他會讓她給我打電話嗎？」

「當然不會，」我說：「他會問你，你要告訴她什麼？他可以給你轉告。」

「我要他轉告什麼？」

「請他問她，今天早上她出去買的東西放在哪裡。就說怎麼找也沒找到今天早上她出去那麼久買回來的東西。」

木蜜蕾臉上露出笑容：「我懂了，換句話等於是把這個概念塞進警方的腦子裡去。」

我點點頭，站起來準備走路。

瑙瑪說：「嗨！今天晚上你會過來，對嗎？我們會有一頓好的晚餐。你會喜歡裘瑞易的。」

我說：「水子不一定會回來。事實上我想她不會回來。」

「喔！沒有影響。我和小蕾可以自己弄——」

「你和什麼人？」蜜蕾問。

「我和你呀。」

蜜蕾搖著她的頭：「你要為你男朋友幹什麼都可以，但是我絕不會為任何男人把手伸到一大堆油膩水槽去洗盤子，為的只是一餐燭光晚飯。」

瑙瑪的臉色變得很不高興。

「但是，」蜜蕾轉向我說：「你可以請我們出去吃飯。」

「四個人？」我問。

瑙瑪想了一下。「好了，算了。」她挑釁地說：「小蕾，你要真的抱定這種態度的話。我算你是對的，你可以叫唐諾帶你出去吃飯。我會讓瑞易帶我出去的。」

「瑞易知道了嗎？」蜜蕾問。

「當然沒有，」瑙瑪說：「我自會打電話給他，邀他吃飯，然後快到他要來的時候，再告訴他警察不肯釋放我們廚子，那自然只能取消約會。想來他會做個紳士請我出去吃飯。」

我笑著說：「你又給我上了一堂有關女人的課。像我們這種喜歡泡妞的光棍，碰到這種預謀的策略逃也逃不了。」

蜜蕾看著我。「毫無辦法，」她說：「絕對逃不了。唐諾，你要牢牢記住，要不然就認命。」

第十五章　點三八左輪手槍

我打電話到航空公司看有無夜航客機回本土。正好尚有一班客機，而且只剩一個空位。我說我要訂下。

訂位小姐問我姓名，我說：「薛西迺。」並告訴她，我會早點到，去拿機票。

假如我乘這班機回本土，我得冒薛西迺之名。假如警局有本領檢查每班客機飛返本土的名單，他們會以為薛西迺是想匆忙離境。

甚至我還不能確定，訂位組為什麼正好只剩一個空位那麼巧，也或許是火奴魯魯警局設的一個陷阱。什麼人打電話來都只剩一個座位，而後來看什麼人急著想返本土。

我回旅社休息了一個小時，電話響了。

我接電話發現是蜜蕾的來電。木蜜蕾說：「唐諾，能不能過來一下？拜託，拜託。」

「什麼時候？」

「現在。」

「有什麼事？」

她說：「水子回來了。火辣麻基和另一位警員在這裡。」

「立即來。」我說。

我真的是立即去了木蜜蕾的公寓。

火辣麻基警官不是頂喜歡看到我：「賴，你不是個律師吧？」

「我又沒有說我是律師。」

「你也沒有在火奴魯魯執業的執照？」

「沒有。」

「你對這件事抱什麼興趣呢？」

「我希望能解開這個謎。」

「你是不是受了木蜜蕾的聘請呢？」

「我告訴過你，她沒有給過我一毛錢。」

木蜜蕾說：「我希望他能在這裡。」

「為什麼？」

「因為我相信他能解開這個謎。」

火辣麻基警官說：「我打開天窗和各位說亮話。我們搜查這裡的時候發現這鏡框後面有一個麥克風，有一條線連到藏在那櫃子裡的錄音機，每隔六個小時有人得換磁帶。

「換帶的人當然應該是進出方便的屋內人，才不會引起懷疑。我們一開始就想到水子。」

水子說：「我一點也不知道錄音機的事。」

「所以，」火辣麻基說：「我們通告出去要找到水子，同時也呼叫出去要找巴吉祿所租的第二輛車，」他故意停下來看著我說：「你知道，巴吉祿租了兩輛車。」

我微笑一下：「是的，我知道了。」

「我們搜查了巴吉祿住的地方，我們特別找一件的東西。」

「找到了嗎？」我問。

他沒有理我這個問題，他說：「在巴家，我們找到了不少電影底片卡匣，但是找不到使用這卡式底片的攝影機，我們曾為此煩惱一段時間，其他好像都沒有短少。

「我們搜查姓巴的地方時，找到一個特別的專放某一種東西的秘密空間，是本厚書，中間被挖空了，其大小正好可以放一架電影攝影機。」

「真的？」我很有禮貌地問。

他看著我說：「你認為怎麼樣？唐諾。」

「你不會以為和我有關吧？」

「不要以為我們沒有想過。」他冷酷地說。停了一下，又說下去：「當我們找到巴吉祿租的第二輛車時，我們發現是水子在開，而且在手套箱裡有一架電影攝影機，可能正是從姓巴的那裡拿出來的那一架。」

水子說：「我不知道這件事。」

「你怎麼會在用那輛車呢？」

「別人借給我的。」

「別人是誰？」

「朋友。」

「什麼朋友？」

「男朋友。」

火辣麻基轉向戴警員——那個早上搜查這個公寓的人。火辣麻基問：「你在這裡都看過了。戴？」

「有。」

「每個地方都看過了？」

「嗯哼。」

火辣麻基警官深思地看著水子，特別指著她說：「我看這位女人為了木蜜蕾的事，和巴吉祿有什麼約定，混在這件事裡面，什麼地方出了差錯。有個女人到姓巴的家裡，脫掉了衣服，拿支槍想解決整個事情。」

他不斷的看著水子，蹙著眉。突然他對戴警員說：「這地方你仔細地搜了？」

「每個地方都看過了。」戴說。

「我想我自己要再看一下。」火辣麻基說。

「等一下，這就是我不喜歡會發生的事，」我說：「我告訴過戴警員，我要他仔細搜查這個地方。查過之後，不論再發現什麼東西，都是栽贓的——」

「我也告訴過他。」火辣麻基說。

「我也是仔細查過了。」戴說。

火辣麻基走向浴室：「我還是要看一下。」

我走進去看住他。

「什麼意思？」他問。

我說：「你對我有疑問？」

「我的職業，對什麼人都懷疑。」

「我也正在懷疑你，」我告訴他，「我的職業也是對任何人都懷疑。」

「你懷疑什麼？」

「懷疑你可能會栽贓。」

「我，栽贓？」

「是的。」

「栽什麼，你倒說說看。」

「槍。」

他說：「姓賴的，我可以把你牙齒都打爛，教你一點禮貌。」

「你可以把我牙齒打爛，」我說：「但我仍認為你可能栽贓——栽一支槍的贓。」

「好，跟著我，」他說：「我們一起來看。」

他打開洗手槽上的櫃子，拖把椅子爬上去看櫃子的上面。爬下來拿了手電筒四處角落照著。沖沖便器，用手掏掏污衣籃子，看看放在架子上疊過的乾毛巾。

他站在浴室中間向四處望望。

幾秒鐘之後，他走向便器的水箱，把瓷的水箱蓋上東西都拿下來。

他把水箱蓋掀起，幾乎立即要掉下來。

「老天，」他說：「唐諾，你來看。」

我走過去，自他肩頭下望。

沉在水箱底裡是一支零點三八左輪手槍。

我說：「這不正是我不願發生的事嗎？」

「你一定知道，」他說：「我是不可能栽贓的。我根本沒有來過這裡面。」

我說：「是什麼人放進去的？」

「三個人都可能有份。」他說：「水子、蜜蕾和瑙瑪。」

「還不止這三個。」

「還有什麼人？」

我說：「任何人都可能從後門溜進來栽這個贓。這就是你們沒有仔細搜的結果。」

「不一定。」火辣麻基說：「戴警員，進來一下。」

他把蓋子放回水箱上面。

戴打開浴室門，進來：「你叫我，警官？」

「這房間你都看過了？」

「當然。」戴說。

火辣麻基警官不樂地對他說：「到這邊來，我給你看件東西。」

「等一下，」我說：「我先有個問題。」

「閉嘴，」火辣麻基說：「由我來問，戴，看這個。」

火辣麻基警官把水箱蓋拿起：「看到了嗎？」

「老天，是的。」戴的下巴掉了下來。

「戴，你查這個地方的時候，有沒有查水箱裡面？」火辣麻基問。

戴無精打采地搖搖頭。

我問，「為什麼不查一下？」

「就是沒有想到這地方。」他說。

我用最難聽的三個字，對他的能力下個註腳，走出浴室。

木蜜蕾抬起眉毛。

你也是。」

「是栽贓，」我大聲告訴她，「穩住氣。什麼也不說，什麼問題也不必回答。瑙瑪，

水子用她典型的日本眼睛看著我，臉色雪白。

她也問我：「我怎麼辦？」

「你憑自己良心辦，」我說：「假如你還有良心的話。」過了一陣，我又說：「你只要再說幾句有關姓巴的謊話，我看他們會把謀殺案套到你頭上的。」

火辣麻基警官和戴警員足足在浴室裡待了五分鐘。出來的時候已經把槍處理好了，只等它一乾，就可以檢查指紋。他們知道這不會有用，我也知道這不會有用，但這是他們的常規工作。

火辣麻基警官說：「賴，這件事我很遺憾。」

「你應該遺憾一輩子。」

「你認為這支槍是有人栽贓，是嗎？」

「是的。」

「能證明嗎？」

「該由你來證明不是搜查後被人放進去的，你能嗎？」

他看看戴警員說：「看你做的好事。」

戴說：「我就是沒想到這裡面可以放東西，那東西看起來像是打不開的樣子。我每個

地方都看了，警官。」

火辣麻基說：「你應該說除了藏槍的地方，你每個地方都看了。」

「除了『以後』被人藏槍的地方！」我說：「警官，你平時怎麼訓練你的部下的？」

「我訓練他們相當嚴格，」他說：「我的人不錯，我也常訓練他們。」

「看起來『不怎麼的』。」

「人總會出錯。」

「有人多錯，有人少錯。」

「賴，我不喜歡你這種語調。」

「當然，」我說：「你還有得不喜歡呢。」

他臉灰灰地看著我。

戴向火辣麻基說：「你點點頭，看我來修理他。」

火辣麻基搖搖頭：「暫時不要去修理他，」他說：「我認為他知道一點內情。」

戴說：「他肯定知道內情。」

「我對你則不敢如此恭維。」我說。兩眼直視戴警員。

戴向前朝我走了一步。

「戴！」火辣麻基大聲喊著。

戴突然止步。

火辣麻基警官看著水子。「你今天早上是出去買東西的。」他說：「你沒有去買東西，你乘巴士到皇帝街。你在皇帝街下車，你把借的車停在那裡。」

她臉上保持無表情，但是她眼睛像老鼠進了鼠籠。

「我們夏威夷警探效率很高的，」火辣麻基說：「我們找到了公共汽車司機，他記得今天早上他帶你的經過。我們問過這條路線每個司機，他們不少人記得過去一週你都在皇帝街下車。」

「有人借車給我用犯法了嗎？」她問。

「要看什麼人借給你。」

「男朋友。」

「巴吉祿是你男朋友嗎？」

她沒回答，仔細地想著。

「他是不是你男朋友？」

「不是。」她說。

「借車子給你，保護低收入群眾？」火辣麻基問。

她保持靜默，假裝聽不懂這是個諷刺的問句，當它是一種陳述。

火辣麻基警官一點也不以為意。他對付東方人經驗太多了，知道怎樣應付：「你要不說實話，我們就逮捕你。」

他坐著，看著她，不再出聲。

她也看著他，整個房間沒有一點聲音。水子看起來像石雕的一樣，除了眼睛因為忍不住對方凌厲的對視，終於躲開外，其他全身一動也不動。

他也不動，只是看著她，增強壓力。

沒有人說話，火辣麻基看看錶，又看看水子。

他沒有說給她多少時限，要她說實話，他的行動暗示有時間限制。他坐在那裡，放輕鬆著，沒有敵意，沒有人情，只是個警察在執行任務，雖然很小心，但有這種威嚴，要是弄毛了他，可不是好玩的。

沒有聲音，但箭在弦上。

水子說：「我說好了。」

「說。」火辣麻基說。

她說：「一個多星期之前，那男人來找我。」

「哪個男人？」

「他說他姓巴。」

「他要什麼？」

「好幾件事。」

「給你什麼好處？」

「每星期一百元。」

「做些什麼事？」

「小姐不在時讓他進來。」

「你幹了？」

「做了。」

「他進來幹什麼？」

「他在牆上鑽個孔，放個麥克風，拉了線。他叫我掃去灰塵，把一切弄乾淨。」

「你幹了？」

「做了。」

「錄音機上拿下來的帶子，你怎麼辦？」

「我放進袋子裡。」

「然後呢？」

「放到車裡，帶給巴先生。」

「他怎麼處理？」

她聳聳肩。

「車子是巴先生提供你的？」

「是的，為了錄音帶可以快速傳給他。」

「電影攝影機怎麼回事？」

「我一點也不知道。」

「還有什麼人知道姓巴的給你輛車子用？」

「沒有人知道。」

「你還替姓巴的做什麼事？」

「沒有了。」

「他付你錢了？」

「兩次。」

「兩次，每次一百元？」

「是的。」

「你還隨時注意這裡說的話？來訪的人名？」

她點點頭。

「你也口頭向姓巴的報告？」

她又點點頭。

「今天早上你去哪裡了？」

「買東西。」

他搖搖頭：「你準備去買東西，但是你去了別的地方。發生了什麼事情使你改變了主意？是什麼事？」

「我去買東西了。」

「好，你去買什麼？」

她停了一下：「我去買咖啡，買——」

「你昨天就買了咖啡。」木蜜蕾說。

水子又保持靜默。

「今天早晨你買了什麼？」火辣麻基警官堅持地問。

她無助地望望木蜜蕾，又望望火辣麻基警官。

「你買了什麼？」

「記不起買了什麼。」

「去哪裡買了？」

「市場。」

「買什麼？」

又是靜默。

我說：「水子，你知道一個叫薛西逎的人嗎？」

她轉向我，鼻翼微張，臉上有死恨的表情。

火辣麻基警官雙目微睜：「你認識薛西逎嗎，水子？」

她突然臉上一點表情也沒有。「不認識。」她說。

火辣麻基站起來說：「好了，水子，你跟我一起走。我要等手槍的指印查出來之後再決定把你怎麼樣。」

我說：「你也應該查查水箱蓋上有沒有特別的指紋。」

「她的指紋本來該在上面的。木太太、雷小姐的指紋也沒有什麼意義。走了，水子。」

第十六章　誰說世界上沒有比錢更有用的東西

裘瑞易住在離沙灘較遠，較為便宜的旅社。我等了很久才見他回來。

我讓他先回到房間，使他不要認為我在等著他，而後上去敲他的門。

他打開房門，也許認為一定是僕役，看到是我，說道：「哈囉，我見過你——你也在船上一起來的。」

「是呀，一點小事找你談談。」

「請進來。」他熱衷地說。

實在也沒有時間來客套了，但我還是問了些熱身問題。

「還好玩嗎？」

「非常好。」

「游泳了？」

「當然。」

我四周看看，好像從什麼地方得了印象似地說：「才回來呀？」

「是才回來，」他說：「我乘巴士遊覽了一下這個島。」他笑著說。

他打開一個手提包，拿出一架普通的電影攝影機及幾捲底片。

我說：「我抱歉要問你幾個對我有幫助的問題。」

「請說。」

「你認不認識雷瑙瑪？她和我們一條船來的。」

他突然停止動作，完全不動地站在那裡，向我看著說：「是呀。」

「她今天早上有一陣子和你在一起？」

「是的。」

「我不知道會不會你正好注意到時間？」

「為什麼？」

「我認為可能會對瑙瑪有幫助。」

他再仔細看我一下：「你是她親戚？」

「不是。」

「你不是她丈夫吧？」

「不是。」

「是她請你來的？」

「不是。」

「那是什麼意思？」

「我只是來查對一下。」

他說：「在船上你和瑙瑪很熟，我認為她的船票是你買的。」

「這個概念是錯的。在上船之前，我從來沒有見過她。」

「那今天早上她什麼時候和我一起在海灘上，和你又有什麼相干？」

「對我是沒有什麼相干，對她卻關係重大。」

「為什麼？」

「為了某種理由，我們在查對時間。」

「我們，是什麼人？」

「還有些別的有興趣的人。」

他坐下說：「嗯，真是越來越有興趣。坐下，坐下，你叫什麼名字？」

「賴，賴唐諾。」

他說：「真是很有趣的事。」

我笑著說：「也沒有什麼，只是常規工作。為了某種理由瑙瑪想查對時間，以便有時間證明。」

「某種理由，嗯？」

「是的。」

他把情況想了幾秒鐘，他說：「你要知道，我以前乘郵船旅行，在船上見過瑙瑪的面。」

「真的呀！」

「她沒有注意到我。」他說。

我沒有說什麼。

「她和一個有錢的花花公子在一起，是他出的錢，所以瑙瑪由他專利了。我曾觀察過她很久。」

我還是沒有吭氣。

「我沒有錢可以花在女人身上，」他說：「有錢我都花在自己身上，我喜歡旅行世界各地，我喜歡接觸人群，我喜歡看他們文化背景、生活狀況。我沒有太多錢。我每次旅行都依據仔細計劃及預算。」

我還是不說話。

「像瑙瑪這種女人，對旅行要仔細計算經費的人，不會感到興趣的。而且她們知道，一看就知道。」

「怎麼會？」我問。

他自嘲地笑了。

「從他們所住的艙位在經濟艙，一直到吃飯之前沒有見到他們在酒吧大叫請別人喝酒。有一點我提醒你，我並沒有說她是撈女。但是她是有錢階級男人的專利品。瑙瑪今天早上無拘無束，我喜歡她，很喜歡她。我有個概念她會喜歡我——假如我有錢。

「像瑙瑪這種女孩不會浪費她們的時間，我的生命是有一定目標的，瑙瑪腦中有她自己的目標，我們兩人的目標配合不到一起去。」他苦苦的笑一下。

「你尚未回答我的問題。」

「沒錯，我還沒有。」

電話鈴響。

他看看我，一半含有敵意。

「你，」他說：「自己一個人占一個甲區的單人艙旅行，但是你不是個花花公子，你——」

電話不斷在響，他自動停止對話，把電話拿起。

我只能聽到這一頭的話，電話那一頭的，一點也聽不到。

「哈囉……是的，我是瑞易……什麼……誰……噢，是的，警官，是的，我認識她……是的，有，我是……一件謀殺案？……可以，可以……假如那麼重要，我會仔細回想。警官，我……是的……好，我會一件一件事重新組合一下。是——我會……我這裡現在有位朋友。十分鐘之後我再打電話給你好嗎……是的，那很好……可以，我記下號碼……謝謝你。再見。」

他草草在紙上記下一個號碼，轉頭向我，臉上顯著微笑。

「很好，很好。」他說。

我什麼也沒有說。

他走過來和我握手。「能再見你真是非常高興，賴先生，也謝謝你勞駕過來。現在你只能原諒我要請你離開了。我今天晚上有個約會，一個重要有意思的約會。」

我說：「對不起，我知道你正急著穿衣服。」

「我正急著為赴約會而準備，」他微笑著說：「看起來裘瑞易要走運了。」

「怎麼回事？」

「謀殺案中的主要證人。你知道，賴，瑙瑪這種女孩子到我老死也不會注意我一下的。她看不上我現在的情況，即使將來我肚子大了，眼皮垂了，頭禿了，有了錢了，她也不會再活動在圈子裡了。我是要花錢的，鈔票！賴。

「但是裘瑞易現在自己發現是主要的證人地位了，我對你沒有成見，賴。我不知道你為什麼對這件事發生興趣，我也不關心原因。但是你只想得到，沒有付出。現在假如你給我請出，讓我打電話給瑙瑪安排一下今晚的約會——和明晚的、後天晚上的。是的。賴，我走運了。」

「但是你不能定出瑙瑪和你在一起時的時間？」

「現在不行，現在不行。我答應一個叫火辣麻基的警官，十分鐘之後打電話給他，再告訴他。現在看起來十分鐘是不夠的，我先要和瑙瑪取得聯絡。也許我們手牽手會想出早上一切的時間因素來。當然，正好我們兩個人都沒有帶錶。但是慢慢一起想，會把大概時間湊出來的。我會告訴火辣麻基礎有幾個人可以幫我忙。賴，我抱歉。你在船上自有你一套辦法，我見到瑙瑪從甲板椅上爬起來親你，我也打聽到她賄賂了甲板僕役，使她的椅子能安排到你的邊上。本來在你邊上的女人，因此免費任由她選個位置。我本以為你是個有錢的花花公子，我現在還有這種想法。我想你來找我的目的，是想扮一個盔甲擦得雪亮的救美騎士，要把瑙瑪自謀殺陷阱中救出來。真妙，真妙！」

他禁不住的要微笑。

我也向他還了一個微笑。「你要注意，瑙瑪的電話可能有人竊聽，不要太得意忘形了。」我告訴他。

「喔，不會的，」他說：「我向你保證，我不會的，賴。老實說，那小妞對我有點意思，假如我有錢，我也會對她有意思的。但是現在我有了比錢更好的東西，誰說世界上沒有比錢更有用的東西。

「賴，我真的要說再見了。我抱歉沒有盡主人之誼，但是我有太多事要做了，謝謝你來看我。」

我站起來，把門打開：「我正巧知道瑙瑪真心喜歡你。」

「謝謝你，謝謝你，賴。事情真的越來越好。」

「祝你愉快。」我說。

「我會的，」他說：「晚安，聖誕老人。」

他把門在我身後關上時，自己在對自己笑。

第十七章　藥品化學供應公司的文件

我回到旅館，發現畢帝聞留下十分強硬的口信，要我立即和他聯絡。除此之外每隔十分、廿五分鐘他都打電話來留話，要我一回來立即打電話給他。

我打電話和他聯絡。

畢帝聞的聲音尖銳不耐煩：「和你聯絡真困難呀！」

「我出去了。」

「那是你常用的藉口。」他生氣地說。

「還可能有別的藉口嗎？」

「我帶你來這裡是有目的的。」他說。

「我知道，所以我才要出去。」

一陣靜寂之後，他用比較慰藉的口吻說：「請你原諒，假如我耐心不太好的話。賴，我的神經緊張得不易忍受了。我不知你能不能到這裡來。白莎也在這裡，我們希望事情有什麼變化之前能大家出點主意，討論一下。」

「我馬上來。」

我掛上電話。走到夏威夷皇家，乘電梯去畢先生的房間。

從他眼睛，我可以看出他喝了酒。從白莎不高興的臉色我也可以知道，一個下午他已把白莎的耐心全部消耗殆盡了。

「坐下。」畢帝聞說。

我拉過一張椅子。

畢帝聞說：「我們必須很快工作，使小蕾能避免不利的宣傳。」

我什麼也不說。他既然喜歡說，就讓他說。

「那把槍被發現後，」畢說：「整個局勢改變了。這表示有三個女人成為主要嫌疑犯了——小蕾、瑙瑪和水子。」

「雷瑙瑪可以除去了。」

「什麼？」他疑心地看著我。

「瑙瑪基本可以自保。」

「唐諾，你給我注意了。你是請來代表木蜜蕾的，你應該知道目前狀況。你除掉一個別的嫌疑犯的嫌疑，就減少了小蕾的機會。你——」

「我告訴你可以除去瑙瑪，」我說：「不是同情或情感。而是冷酷、硬朗的事實。這是為什麼你找我的時候，我在外面忙的原因。我要在他知道之前先去找瑙瑪的不在場時間證人談一談。不幸的是火辣麻基警官在我們談了一半的時候來了電話，而──」

「瑙瑪的不在場證人？」畢先生問。

「是的，她會有一個。」我告訴他。

「我不知道她有了什麼時間證人呀？」

「我沒有說她已經有了。我說她會有一個。」

白莎問：「叫什麼名字？」

「裘瑞易，他也是船上來的。他是個辛苦賺錢度假的人，旅行有預算，陸上用巴士，住在離水很遠的旅社裡，他今晨在海灘。瑙瑪過來，坐在一起，兩人聊天。」

「多久？」畢先生查詰著。

「那就是我正要問出來的時候，火辣麻基電話進來放了一把野火的關鍵問題。」

畢帝聞研究著說：「有什麼差別呢？」

我說：「裘瑞易突然瞭解這是抓住瑙瑪感激心情的好機會，以前他以為只有鑽石才能贏得瑙瑪這種美人心。現在他以為同花大順在手，贏定了。」

「瑙瑪會不會利用這個機會？」白莎問我。

我大笑。「不要擔心瑙瑪。她和小蕾雖然是最要好的朋友，但是她們不是沒有只想到自己的利益過。你給瑙瑪一個完善的不在場證人，能證明兇案發生時她不可能在現場，我可以打賭瑙瑪會好好利用的。她可能現在已經得到證人了。」

「裘瑞易動手那麼快？」

「我知道他動手非常快。」

「這使情況又複雜了。」畢帝聞說。

「我從來沒有說過簡單。」

「你能不能做些事，阻止這件事發生呢？」

「我不知道。我只知道要不是火辣麻基正好來電話，只要再有五分鐘，我就知道真相了。現在這種情況下，證人說的是真是假，再也不會有人知道了。」

「該死。」白莎由衷地說。

我問：「謀殺案到底幾點鐘發生的？」

「我們到達那裡正好十點四十分，」畢帝聞說：「謀殺案應該只是兩、三分鐘之前的事。女兇手一定是跑來跑去在找什麼東西。」

我說：「警察知道這一點嗎？」

「噢，當然，並且已獲得證實。驗屍官證明，兇案在他到達前不到一小時之內發生的。」

「他幾點鐘到達的？」

「我想是十一點十五分，大概如此，」畢帝聞說：「這樣只有小蕾和水子了。我把事情仔細想過，我還可以提出一個有利的貢獻。」

「什麼？」

「大腿的顏色，」畢帝聞說：「我不斷在我腦中重新組合當時的畫面，現在人突然想到，那雙我見到的大腿是天生自然小麥色的。」

我說：「蜜蕾一直在海灘，已經把皮膚曬得相當黑了。」

「我知道，我知道。」他不耐地說：「但這雙腿不一樣。蜜蕾穿了泳裝曬，大腿是曬得很黑了，但再高處一點，再高一點——」

「她的屁股。」白莎乾脆地，打斷地提醒他。

「正是，正是，」畢先生說：「她的——那個部位會是白的，非常白。我現在非常清楚，我看到的小姐是全裸的，沒有看到一點皮膚是白的。她——她的——大腿上面的部位——柯太太說是屁股的部位也不是白的。」

我說：「火辣麻基警官問你的時候，你沒有說呀。」

「沒有，我沒有說。」

「為什麼不說？」

「這事發生太意外，我腦筋一下還轉不過來。」

「正是如此。」我說：「你現在又有太多的時間把腦筋轉過來了。你對這件事本身有利害關係，你想保護蜜蕾。你已經花了三千元來想辦法使她不要受到騷擾。你和她是屬於同一『國』的，你現在提出的證詞值不了多少錢一斤。」

畢先生說：「賴，我不喜歡你的態度。」

「我知道你不會喜歡，」我告訴他，「假如你的目的是自我陶醉，我可以坐下來拍你的肩，給你一大堆的無聊話，讓你以為事情進行得尚還順利。說不定你還要發獎金。然後你站起來，面臨嚴酷的事實，一下給打了重重的一拳。你想清楚，你要什麼？想出點有用的方法，不要亂扯淡？」

畢先生怒視著我，但我知道我的話已奏效。

我說：「另外還有一個可能性，我們應該向警方建議的。這個姓巴的是個以勒索為生的。他一定嗅得到哪裡有勒索的可能性，他有得到資料的來源，得到可勒索證據的方法。他可能同時在勒索不少人。」

「說下去。」畢先生說。

「每一個受他勒索的人，都可能是嫌疑犯，」我說：「我們要找出什麼人在受他勒索是絕無可能。但是只要找出他用什麼資料在勒索別人，從資料找人就易如反掌。」

畢帝聞舔舔嘴唇說：「這真是非常非常聰明，唐諾。」

「你想，姓巴的為什麼要住在那租來的小屋裡？我想一定是有理由的，我想小蕾還不是他在火奴魯魯唯一的勒索對象。我想他到這裡來是一石數鳥。」

畢先生說：「唐諾，我看得出來，你在用腦筋了。」

我繼續：「我不認為小蕾殺了他。我不認為瑙瑪殺了他。我也懷疑水子會殺他。但是水子絕對是把槍栽贓的人。」

我故意停一下又說：「有人把槍交給她，叫她去栽贓。假如我們能找出這個人是誰。我們就有了兇手。」

畢先生真正的站了起來，走向我，伸出他手要和我握手，很小心，不使我有機會真握到他手或加重力於他。

白莎輕鬆地微笑著。

「所以，」我說：「我要特別研究水子。這一點目前我們走在警方之前。他們既要研究瑙瑪是不是兇手，又要考慮蜜蕾是不是兇手。我們走捷徑。我們知道水子把手槍栽贓。只有兩種可能，一是水子殺了姓巴的，二是有人殺了姓巴的把槍交給了水子。目的當然只有一個，嫁禍於蜜蕾。

「因此我們必須假設嫌疑犯另有其人，多半是個已婚的女人。也許還是住在姓巴的租屋附近的，也住在那岩山上的。她丈夫應該在市區有工作。當今天早上她丈夫去上班後，她拿支槍，穿上泳裝，溜入姓巴的屋裡，脫去泳裝，給姓巴的來了一次可以永遠叫他閉嘴，並且擺脫糾纏的應付勒索老辦法。」

「之後呢？」白莎問。

「之後她穿上泳裝，從岩石的階梯下去，到小海灣，跳進水裡，做她的晨泳，裝著沒發生任何事地回家，沖個涼，換上衣服，去城裡買東西。」

「那把槍呢？」白莎問。

「那把槍，」我說：「被交給了水子，要水子栽到蜜蕾家裡隨便什麼地方。反正最後警察一定是會找到。警察第一次搜查沒有搜出來，只是運氣而已。」

「但是兇手怎麼會知道那麼許多其他人的事，知道把槍栽在蜜蕾家最合適？」

「你說對了，」我說：「這就是我們的主要線索。這個人一定和姓巴的非常接近。接近到知道尚有其他受害者。她還要認識水子。木蜜蕾是樹頂上的大果子，那女人是較小的果子，不過比較危險，有毒。」

畢帝聞一直在觀察我有聲有色的推理，他說：「你自己不相信這個理論。」

「我相信有這個可能性，」我告訴他，「目前我只不過抛了一把老虎鉗進入『警察大機器』，希望他們暫時停擺，把水子認為是第一嫌疑。」

「但你真正認為是怎樣的呢。」畢先生問。

「我的想法是薛西迺。我想他本來是巴吉祿的合夥人。我想他負責的部份是從瑙瑪那裡拿取什麼對付蜜蕾的東西。他拿到手後覺得沒有理由要和姓巴的平分。」

「非常好的理論，」畢先生懷疑地說：「但是你有辦法證明嗎？」

「一點證明也沒有。」我告訴他：「這就是為什麼我要造出一個女兇手的理論，作為水子後的第二道防線。

「我個人認為薛西迺是姓巴的同伴。我想水子是知情的，所以才肯替他們栽贓那把槍。」

畢帝聞想了想，慢慢地點點頭。他坐在那裡幾分鐘，沉思著，有時點頭。

「所以，」我說：「任何可以給我們指出其他受害人的資料，都是目前我們最最需要的證據。」

他看向白莎。

「你有沒有告訴他石牆裡的紙張？」他問。

她點點頭。

「我根本沒有時間去細看，」他說：「但是我想那正是我們所需要的東西，去拿吧。」

「不見得會那麼簡單，」我告訴他，「他們會管制那地方一段時間，我們目前不能闖過去。我倒希望你曾看過那些東西，記得上面寫點什麼。」

畢搖著他的頭說：「是一封信，我沒有唸它。時間不夠。」

「那我們只好再想其他辦法。」我說。

畢帝聞開始撫摸他的下巴。他多骨的手看起來很刺眼。有點畸形，有點不正常的力量。他說：「假如我一口咬定水子正是我一眨之間看到的女人，警方唯一指控我錯誤的方法，只有把那真正的女人找出來，不管她是誰，多半還要她承認才行。」

「不要自以為是，」我告訴他，「一個好的律師會詢問你到無地自容，漏洞百出。」

「唐諾，這一點我不同意你。」

「想試試？」我問。

「你是不是一個好的律師？」他諷刺地問。

「已經夠把你的故事撕成一片片的了。」

「你試試看。」他挑戰地說：「我現在在證人席，我宣了誓。我才說過證詞，我見到一個裸女的大腿。我回想她絕對是裸體的，什麼也沒穿。她脫去衣服為的是不使血跡濺到衣服上。我看到的皮膚絕對是個黃種人的皮膚。」

他又想了一想，點點頭向我說：「現在你來詢問我。」

我說：「畢先生。由於兇案使用的槍，在木蜜蕾的公寓裡被發現，所以很自然的嫌疑犯被想像是三個女人當中的一個，木蜜蕾、瑙瑪和女傭水子，對嗎？」

「是的，」他說：「我自己也是個智力不低的人，我想這種推理是明顯的。」

「瑙瑪，目前已經證實有一個時間證人。」我說。

「我看到的反正絕對不是瑙瑪小姐的腿和臀部。」

「你對水子沒有什麼興趣？」

「當然沒有。」

「也沒有特別反對她？」

「絕對沒有。」

「你不是她的朋友？」

「當然不是。」

「但是你是木蜜蕾的朋友？」

「她嫁給我的合夥人。當她是木先生的太太時我認識她。在我合夥人遺囑下，我是她部份財產託管人。」

「你對她很關心？」

「在我剛才所說範圍內，是的。」

「關心到從本土聘請私家偵探到島上來保護她？」

「因為，我是她財產的託管人。」

「這些開支你會記在她的賬上，由她支付？」

「嗯——那不需要。」

「你要自己掏腰包，出錢？」

「是的。」

「個人的錢？」

「是的。」

「那麼你對她的關心是屬於個人的？」

「你是什麼意思？」

「你有沒有請求過，要她嫁給你？」

他把臉脹紅，怒氣上升說：「賴，你這個無禮的混蛋，我不一定非你不可。私家偵探有的是。有的私家偵——」

「你不是在和賴先生說話，」我說：「我是水子的律師，現在正在法庭上詢問你。請回答這問題。」

「我不必回答這個問題。」他說。臉仍紅著，又窘又怒。

我向他微笑說：「好，我不再扮水子的律師。回復做你所聘請的私家偵探。我相信，我已經證明給你看可能發生的情況。同時你必須記住，你的指認也太晚一點。依據你給火辣麻基的證詞，你未曾詳細的看到那條腿，你無法認出是什麼人。證詞已打好字，簽過名。你甚至連她有沒有穿泳裝都不能確定。」

畢先生在他椅中扭動著。

敲門聲自房門響起。

白莎向我看看。

「這會是什麼人？」畢先生說。

敲門聲固執地響著。

「從這種敲門聲，」我說：「我相信是警察。」

我站起來，把門打開。

火辣麻基警官和戴警員站在門口。

「當然，當然，」警官一面說，一面推開我，不等邀請大步走進房間，「當然你們各位都在一起。在討論這件事，是嗎？」

「計劃怎樣好好享受島上的假期，警官。」我說：「正好集在一起討論什麼時候開始島上的旅遊，和決定要看那些地方。」

「當然，當然。我瞭解。」他說著，笑笑。

戴把門關上，兩人自己找座位坐了。戴警員坐床上，火辣麻基找了張椅子。

「有了一點蠻有意思的發展。」火辣麻基說。

「我也有點有意思的消息。」畢先生說。

「唉！真是山不轉水轉，是嗎？」警官說：「畢先生，先說你的。」

我說：「警官先生，我想最好先聽聽您的。」

他搖搖頭，笑笑。

「不，不，賴先生。」火辣麻基說：「在島上，付稅的人永遠有一切優先權。我們警察為大眾付稅人服務都是喜歡多聽點消息。畢先生，你先說。」

畢先生說：「我仔細又想了想。我——我對我看到的女人比較想清楚了一點。」

我突然猛咳嗽起來。

畢看向我，我蹙眉，側首，微微向他搖搖頭。

戴遠遠在床邊說：「你有什麼不舒服，賴。傷風了，我們也可以換個地方和畢先生談，免得影響你。」

「沒有，」我說：「只是一下嗆著了。」

「畢先生，請繼續。」火辣麻基說。

「我不覺得那個女郎穿了泳裝。」畢先生不加思索地說。

「嗯，這想法很有用。」警官說：「當然，你看不太清楚。」

「我還是可以相當清楚看到。」

「我知道，」他說：「但是第一次你給我證詞的時候，你說你不知道她是全裸的還是穿泳裝的。你要知道，畢先生。一個女人全裸和穿泳裝有相當大的差別。」

畢沒哼氣。

「不管怎麼樣，先別管這一點。你說下去，有什麼新消息？」

畢說：「就這一點。」

「再也沒有了？」

「沒有了。但是你必須要注意一點事實。一個白人女子不穿衣服的話，腿可能曬黑了，但是臀部一定是白的，黃種人的女子才會顏色一致。」

「非常有意思。」

「我認為這一點很重要。」

「也許是的。我想到目前為止，你已經把回想到的全告訴我們了？」

「是的，剛才的補充，是我回想到的完完整整告訴你們了。」

「沒有什麼事，是上次會談中忘記告訴我們的了吧？」

「沒有。」

「再沒有補充了？」

「沒有。」

「那就好。」他說：「你要知道，我們非常不喜歡有人事後想起很重要的事情。我謝謝你肯為我們認真去想這件事，你真很認真去想了。你有，是嗎？畢先生？」

「有什麼？」

「有認真去想這件事的每件細節？」

「是的。」

「你想過很多次？」

「我想是的。」

「除了你現在想那女人沒有穿任何東西——當然你不能真確定——之外。你沒有想到別的事沒告訴我們？」

「沒有。」

「一件也沒有？」

「沒有。」

「那好，」火辣麻基說：「現在，我來告訴你我們的進展。」

我控制自己，使臉上不露出任何表情。

「我們搜查那房子相當仔細。」火辣麻基警官說：「我們深信這傢伙做著見不得人的事，但沒有人知道他靠什麼方法賺錢過日子。他沒有身分證明，也沒有付稅記錄。但他顯然生活得還愜意，他很會花錢。奇怪稅務人員沒有找過他，當然付他錢的都沒有向他要過發票。」

「嗯。」畢先生不耐地表示。

「我們倒搜到了幾張別人給他的收據。其中一張給巴吉祿的是從丹佛的醒覺影印公司。錢數很小，只有兩元錢。但是為了某種原因，巴吉祿還保存了這張收據。」

「影印？」畢先生問。

「是的。」警官說：「你知道，我們不放鬆任何線索。在這裡，由於隔一重海，心理上和本土好像距離很遠。所以我們老是要本土其他警察幫我們的忙。我們一次次不斷和丹佛警察局電話聯絡。我要求他們看看醒覺影印公司。對這兩元錢的收據會不會正好有一點點印象。

「巧的是那家公司記錄非常完整。而那兩元錢收據為的是影印一張屬於洛杉磯藥品化學供應公司的某種文件。

「說給你知道也沒關係。丹佛的警察到那公司，正好有人記得有人借出去影印是什麼文件。真是無巧不成書。」

火辣麻基戲劇性的突然把話題停下，等候問題。

我相信灼傷是早晚的事，醜媳婦總得見公婆，我在研究問一個什麼樣的問題比較合適。畢先生先把自己頭伸將出來。問題倒簡單直接，「影印的是什麼？」

「是一張買賣雙方都必須簽字的大量砷劑成交證明，」火辣麻基說：「賬是記在木宜齊賬戶的。換句話說木宜齊在那公司有個賬戶，貨是木宜齊太太去拿的，時間是木宜齊死前四天。

「現在我想也可能是時候了，我要向各位宣佈一件一直保密很好的事情。但是這也是丹佛警察局警探凌艾佳為什麼到這裡來的理由。事實上，警察已經對木宜齊的死亡有所懷疑。木宜齊的屍體也經秘密地挖掘出來。毒物學家已經發現他體內的砒霜足夠殺死一匹馬了。」

火辣麻基警官輪流看看我們三個人，先看畢帝聞，柯白莎，然後看我。

「什——什麼人要——要求買砷劑？」畢先生問。

「電話上一個女人自稱木宜齊太太。當然，在法庭上，這不成為什麼證據。因為除非接電話的人知道她的聲音，否則不能作證對方是什麼人。但是對我們的調查還是有重大的參考意義的。

「你們知道，警察常常用各種資料來查案或是聯接問題，但是這些資料在法庭上都不能用來證明被告罪狀的，這種精神是對的。在法庭上，一切必須絕對確定。必須是一些些可能的疑問也沒有。法庭上，法官、檢察官，都沒有決議權，決議權是屬於陪審團的。但在調查期中，沒有陪審團，我們自己一定要有決議。這就是大膽假設，小心求證。」

「你有沒有和木太太討論過這一點？」畢先生問。

「我想我的一位同事目前正在和木太太討論這個問題，」火辣麻基警官說：「我想你也關心這件事，所以自己來告訴你一下。」

「你專誠來告訴我的？」

「是的，你是木蜜蕾財產的託管人呀。」

「沒錯。」

「你有權除了利潤或透支利潤外，在你認為緊急情況下，動用這筆遺產的本金。大致如此，是嗎？」

「是的。」

「你看，」火辣麻基說：「假如有人大膽假設，那巴吉祿有了購毒品的影印本，利用成交的日期和木蜜蕾的簽名，勒索蜜蕾一筆相當大的數目，舉例說兩萬元或三萬元。而木蜜蕾怕了，告訴你發生一個緊急情況，她不願告訴你為什麼，但她要一大筆錢，希望你同意透支或動用本金——」

畢帝聞開口想說什麼。

「等一下，等一下。讓我先說完，」火辣麻基說：「我不想占你便宜，把你套住，畢先生。讓我繼續假設你覺得事出很不尋常，你找到柯賴二氏私家偵探社——他們為了達到目的，常常不擇各種奇怪手段。你要求他們跟你到島上來，幫你保護木蜜蕾，不論她碰上了什麼困難的事。

「我姑且給你一個對你十分有利的假設，你根本不知道木蜜蕾碰到了什麼對她不利的困難。你也許想到是勒索，但是你不知道憑什麼勒索，你不知道買砒霜這件事。但是從你老到的經驗判斷，你應該在沒有來這裡之前，在她開口向你要錢之前，在你去找柯太太和賴先生之前，你就知道這是勒索了。

「我們調查發現，木太太並沒有在保護情況下生活。我們也查到你開了一張三千元的支票給柯賴二氏，當然其中一部分是他們的出差費。

「總而言之，把這些加在一起，湊成一張很有趣的圖畫，畢先生，你帶這兩位貴友到島上來，當然不是來旅遊的。」

畢先生用手指梳了下頭髮。

火辣麻基又轉向我：「賴先生，另外還有件有趣的事。我們在水子開的那輛車中找到了一架電影攝影機，裡面有用了一部份的底片。我們把它沖洗出來。拍的是那輛水子開的汽車，這些電影拍攝得實在太沒有理由。只是給大家看車子停在皇帝街路邊。

「影片照到一部份街景，交通狀況的一瞥。有一輛車在流動的車隊中，車牌號正好清清楚楚。

「我們找到車主，一位非常漂亮的女人，我們問她最近她哪一天，什麼時候途經過皇帝街。發現她有事離開本島一陣子。最近一週來，她唯一曾開車經過皇帝街是今天下午。算起來大概是命案發生後兩個小時。」

我用四根手指有禮貌地遮掩我故意做出來的呵欠。

火辣麻基警官看著我。

我十分滿意自己的臉上一點表情也沒有。

他看向白莎，白莎怒視著他。

「賴先生，我認為你可以提供一點助力。」

我說：「巴吉祿已經在這裡一個月。那電影豈不是一個月內任何一天都可以拍攝的。問問你那漂亮的女司機，她上個月開車經過皇帝街多少次？」

「當然，」火辣麻基自譴地說：「我還沒有把這件事列為最後決議，我只是在調查，還不是法庭證據這一類的。」

我看著他的眼睛說：「我講的倒是法庭證據。因為法庭證據是你唯一能利用的證據。」

畢先生說：「我不知道你是不是準備控訴木蜜蕾任何罪狀。假如是的話，我要為她聘全島最好的律師。再說我要請她從現在開始閉口不說話，直到律師說可以才說。」

「沒有，沒有。我們沒有控訴她任何事。」

「那你在幹什麼？」我問。

「來請你和我們合作。」

白莎自鼻噴氣作聲。

我向她蹙了一下眉，對火辣麻基說：「我們當然謝謝你的考慮。我們絕對會和你合作。」

他嘴角牽起了一個假意的笑容。

「謝謝你，賴。真是非常非常謝謝你。我們還會來找你。不必擔心。我們會不斷和你聯絡。事實上我們認為你們能給我們太多幫助，所以我們不希望你們三個中任何一位，沒有事先通知我們而有離開本島的企圖。」

突然火辣麻基和我們握手如儀，帶著戴警員撤退了。

畢先生看起來好像吃了巴拉松一樣。

「不是她幹的，」他說：「她不會幹這種事。我信得過她，我——我愛上了她！」

他把雙手放到他臉上。

白莎和我坐著沒有說話。

他突然抬頭向我們說：「你們給我走。我要靜一下。我還要有點事做。你們給我去保護木蜜蕾——我不在乎要花多少錢。用鈔票鋪條路到天上也可以。」

白莎向我瞥一眼，她貪婪的小眼發著光。她說：「不必擔心。畢先生。我們正準備給夏威夷警方大吃一驚。」

她打開門，我們走出去，留下雙手仍遮住臉部的畢先生一個人坐在房裡。

「這就對了。」白莎在走道中說：「他在愛這個女人。唐諾，你聽到他最後所說的了嗎？」

「有關他愛上了那個女人？」

白莎的臉扭曲著：「不是。豬腦袋！是關於我們的花費可以沒有限制。」

「假如我們可以保護住她，把她救出來。」我提醒她。

「那你就快動手呀，保護她，把她救出來。」她說。

「用什麼方法？」

「我管你用什麼方法。不過假如你讓那個女人看上你的話，我把你頭皮剝掉。你現在知道為什麼他要一個女偵探了嗎？他第一眼看到你就對你不放心，他知道你和蜜蕾是一票貨。」

「不對。」我說：「她是獨一的一派。」

第十八章 蜜蕾的過去

我在我自己電話邊上等，等到天黑電話才響。

蜜蕾的聲音說：「你知道這是什麼人嗎？」

「知道。」

「你的車在哪裡？」

「旅館的停車場。」

「我會在車裡。」

「看到車子，你認識嗎？」

「認識。」

我說：「現在？」

「現在。」

我掛上電話，關掉電燈，走進溫暖的夏威夷夜空。我轉進停車場，坐進車中，等著。

一個壓低了的聲音自後面說：「快開車。」

我不必向四周張望，我知道蜜蕾是在車後座地下。

我發動引擎。把車開出旅館的停車場，走了五、六條街，蜜蕾從後座爬起來說：「假如你沒有見過大腿，我給你見識見識。」

她把裙子拉起，超過膝蓋，從後座爬到前座來。

「我見過不少，但都沒有這雙漂亮。」我說。

「可惜現在不是拍馬屁的時候。」她說。

她向我一靠，抓住我手臂，我感到她手在顫抖。我眼睛一直不斷在看後視鏡，現在已自信沒有人在跟蹤。

「怎麼回事？」我問。

「找一個我們可以停車談話的地方再說。」

我把車開過可可山。沿了島的外圍，直到一個漂亮的海灣，有一條路上山，岩石的山上有個地方可以停車，從這裡可以下望整個海灘和廣大的海洋。這時附近沒有其他車子，路上交通量也不大，我把車停下，把引擎熄火，把車燈關掉。轉向蜜蕾說：「怎麼回事？」

她自座位上轉側全身，把背向著方向盤，如此她的臉距我的只有尺餘。

「唐諾，」她說：「你肯相信我嗎？」

我把左手自然地放在方向盤上，使她背能靠在我臂上，較為輕鬆。我說：「那要看情況。」

「看什麼情況？」

「看你現在要說什麼。你對警察說了些什麼？」

她說：「我還硬撐著。」

「你和什麼人談過話了？」

「唐諾，你也許不會相信。我和警察局長親自談話了。」

「他怎麼樣？」

「他很好，唐諾。」

「告訴我，你對他們說了些什麼。」

她說：「我認為他們知道些什麼。」

「他們沒有告訴你是什麼？」

「沒有。」

「他們說什麼？」

「局長告訴我，我注定是完蛋了。他說今後會發生什麼變化完全靠我能否自己誠實坦白。他要我告訴他所有我和木宜齊之間的關係，我的婚姻，還有我知道的巴吉祿一切。他說如果我能告訴他真正的事實，他也許可以幫助我。他說如果我說謊，那就太糟了。」

「於是你怎麼辦？」

「我儘可能告訴他。」

「把告訴他的告訴我。」

「多少？」她問。

「全部。」我說。

「其實我對警方的問話，沒有說很久之前的事。」

「那麼告訴我的時候，告訴到久一點之前的事好了。」

她說：「我一直喜歡冒險。我也從小膽大——但是在我尚沒準備好可以接受一切之前，不幸的事已經先來了——我被甜言蜜語所誘，一切從此開始。」

「很多女孩都如此開始的，」我告訴她，「就從這裡開始說下去吧。」

她說：「是老故事。我付出信心，全部的愛，所有的一切。他只靠一張嘴說好聽話，而後拍拍屁股走了。」

「你怎麼辦？」

「相信一般女郎會愣了，呆了，生氣和受傷害了。但是我沒有。我反而蠻高興，老實說他走的時候我正對那男人有點厭倦了。

「當然，他是出走去找另外一個女人，她有我沒有的東西，這損傷了我的虛榮心。我賭咒今後不會發生類似的情況。我決定我自己長大懂事，要為未來努力。我不喜歡這種別人離開我的方式。」

「你怎麼做？」

她說：「從此之後任何人和我交往，我對他弄得清清楚楚，而把自己的事都留在心頭。」

「而後呢？」

「而後我又戀愛了。他對我愛得五體投地。我認為我也真的愛上他了。他有錢，他要結婚。」

「而後呢？」

「我試著過婚姻生活，但不對勁。」

「為什麼？」

「因為事實上我並不愛他。他不過是我生活中遇到的一條魚。我以為愛他，但不是真愛他。我對他沒有尊敬感。」

「一年之後，我們形合實分了。使我生氣萬分的是另外一個女人也在這時出現。」

「什麼女人？」

「一個小麥髮膚的女人，她會用崇拜的眼光看他，把眼皮抬高使眼睛大到讓他掉進去，然後把眼皮關起來，一付怕得要命地嘆氣。」

「假裝的。」

「唐諾，你真傻，」她說：「漂亮女孩子都會對了鏡子研究自己什麼樣子最迷人。然後一再照鏡子，之後就成了她的一部分了。那個女人爬進了我的窩，把我一腳踢了出去。倒不是我對那個窩有多留戀，我就恨別人這樣對我。」

「我離開的時候，我撈到一點。」

「多少？」

「不少。他急著想找那妞，律師抽掉了不少錢，我還剩四萬多——不是一次付清，一萬現鈔，其他隨贍養費來。」

「之後呢？」

「這是最後一次有人爬到我頭上來。我也常照鏡子，我也常演習。我想男人要是喜歡女人這樣看他們，我也會。我有本錢，我有技巧。」

「你是經過研究的？」

「另加演習。」

「有進步？」

她傻笑著。

「再說下去。」

「我發現我不是坐下來工作那一類的人。我決定乘郵船旅行。希望能多見點世面。」

「有沒有？」

「有。」

「那又發生什麼了？」

她說：「有個有錢的花花公子在船上，他很有錢。他要行動，我要鈔票。」

「為什麼，你不是已經有錢了？」

「我要更多呀。我感到錢就是安全感。尤其對我來說，我感到除了錢，沒有更安全的東西。」

「你把自己出賣了？」

「我不喜歡用『出賣』這兩個字，他很大方，我也看得開。我們去南美和地中海。」

「一次玩那麼多地方？」

「好幾次旅行。」

「旅行和旅行中間呢？」

「我們住一個公寓。」

我沒說話。

「不要因為我說的嚇了你，」她說：「人生形形式式，你知道不全的，掉下去多容易——」

「掉哪裡下去？」

「我也不知道哪裡。」她說：「不見得是天生醜小姐所謂污穢不堪的場所。這不過是個人利害影響而已。」

「好，說下去。」

她說：「然後我遇到木宜齊。」

「是他先向你示意的？」

「別傻。他很寂寞。是個有病的人。他一生工作太忙，能玩的時候已經忘了怎麼玩法了。他如試著玩，別人都要側目奇怪了。人們眼中他是塊老掉牙的化石。他合適的位置是滿臉陰鬱的在甲板上散散步，左手的老太太要告訴他膽囊被切除的全部過程。右邊的老婦人又要給他看她姐姐孫女兒的照片。」

「又怎樣了？」

「我知道木宜齊喜歡我。我看得出來。但是我沒有在他前面玩花樣。我試著使他快樂。提起他生活的興趣，我相當成功。」

「你做些什麼？」

「喔，我讓他請我喝酒。使他人笑。他說老掉牙的笑話，我就笑。有時我把手放在他的手彎裡，看著他，讚美他是最好的商業人才等等。」

「不過那個時候你不是自由之身呀。」

「說得沒錯，但我沒欺騙任何人。我從不欺騙人。唐諾，我可能出了名，可能別人會如此想，但我從不欺騙人。」

「之後呢？」

「宜齊常給我寄明信片。我和花花大少弄垮後，宜齊到紐約來看我。他要試著重過郵船上那種無人管的快樂時光。」

「成功嗎？」

「在陸上就是沒有這種氣氛。」

「為什麼？」

「我不知道。大概船上活動範圍小，人被強迫捆在一起，每人只好遷就相同的興趣。吃飯在一起，喝酒在一起。見到的人都是來玩的。沒有別的事可做，不必匆忙，沒有緊張，大家笑，玩在一起，和陸地上不一樣。

「在紐約我起得晚，要把自己打扮漂亮，男朋友來接我，才出去逛。能做的事亦不見得多。看戲不見得有票。俱樂部賭賭錢，飯店吃吃飯，也無非這些老地方，熟人多。人太多，朋友反而減少。」

「之後呢？」

「之後宜齊就玩起真的來了。他實在太寂寞了，也實在感到老了。想到人生不再了。」

「他要你嫁給他？」

「他要生命，活躍，他要我。」

「你怎樣對他說？」

「唐諾，我希望你真相信我對他怎麼說，我告訴他我可能是壞人，我告訴他不一定要和我結婚，甚而告訴他和我結婚會後悔。」

「他說什麼？」

「唐諾，我幾乎不可能用言語來形容宜齊，使你能看到真正宜齊的心態。宜齊一直工作太辛苦了。他從沒有玩樂過。有一度他結過婚，他太太整天囉唆，並且要知道他每一分鐘的行蹤。他的家庭生活一向十分不好。」

「我知道了，」我說：「他的太太不瞭解他。」

「不是，」她說：「不是像你想的。他是因為婚姻不美滿，他無法在家多待，整天在辦公室避難，拚命工作。最後反而成功，賺了很多錢，最後別人批評他是賺錢機器，但他從不玩樂。」

「變個呆子？」

「是的。」

「然後呢？」

「他知道自己活不久了，他有太多的錢。他知道我和他沒有戀愛。他也坦白地說他也不是愛我，但他承認喜歡我。而且受我活力的影響。他說他只要看到我。他要在我身邊看我玩，聽我笑，跟著我。他說他願為此付錢。」

「怎麼付法？」

「把我娶回去做太太。他說在丹佛實在沒有其他方法。他不能把我收為情婦。而且情婦也只能偷偷拜訪一下。他要我住他房子裡。隨時見得到我。」

「你怎麼辦？」

「我說好。」

「之後你對這買賣反悔了？」

「我沒有反悔。我接受這樁買賣的時候是經過考慮的，我會堅守信用的。我知道我要不快樂，木宜齊的錢花得就不值得了。我使他花的每一分錢都沒白花。」

「他很快樂？」

「像隻百靈鳥。心胸開放得像玫瑰。我見到他高興我也高興。丹佛是個好地方。宜齊有不少朋友都對我好。我提供他要的一切。我常使他大笑。反正，唐諾，我使他非常快樂。」

「你，」我問，「會不會有點等不及？」

「等不及什麼？」

「等不及他未能早點死呢？」

她說：「唐諾，看著我的眼。相信我，我是公平的。我沒有等什麼。我在執行買賣規定我這一方的信守。而且一點也不勉強，全力快樂以赴。」

「好，畢帝聞怎麼回事？」

她說：「畢先生當然聽到這件事大加反對。當木宜齊常去紐約的時候，畢先生知道他是去看我。宜齊的秘書多了一點嘴，反正畢先生知道了。」

「他反對這件事？」

「是的，大大的反對。」

「之後呢？」

「宜齊回去，正式告訴畢帝聞我們要結婚了。帝聞一下跳穿天花板。他們開始談判，差點拆夥斷交。」

「之後呢？」

「喔！」她說：「老套，畢帝聞請了偵探。他們挖掘我的過去。老實說，唐諾，你不會知道，一個好的偵探做事能多徹底——我在說什麼，當然你知道，你自己就是個偵探。」

「你怎麼會知道？」

「警察告訴我的。」

「說下去。」

「畢先生他們找到了我的一切。他們從我孩童時代開始，直到當時都知道了。戀愛的事在月光下，兩個人有多美麗，一旦給私家偵探用打字機打在報告上，像我第一次的初戀，和花花公子的友愛等都變了樣，相當的糟。」

「又如何？」

「畢帝聞把這些給木宜齊看，叫他細閱。」

「他看了之後呢？」

「宜齊看了。拋進了壁爐。他告訴帝聞，要是他再提裡面的事，他就把他殺了。」

「之後呢？」

「我們結婚，正式住在丹佛。」

「這結婚對畢帝聞的經濟狀況有影響嗎？」

「是的，多少有一點。」

「怎麼會？」

「他們的合夥有一個協定，任何人死亡，沒有遺孀的話，遺產全歸另一合夥人。如有遺孀則寡婦得遺產的一半，合夥人還可得一半。」

「所以，假如你沒有和宜齊結婚，所有木宜齊的遺產都歸畢帝聞？」

「是的。」

「所以宜齊的結婚，畢帝聞損失了一大筆財產？」

「當然，他想不到宜齊會死亡。」

「但是他年齡那麼大，終究有一件你和帝聞都會想到的事。」

「我想是的。」

「畢先生當然不會喜歡你。」

「不會。」

「但是宜齊怎麼會請畢帝聞做你的託管人呢？」

「這必須要說到我初到丹佛，你不會瞭解。」

「告訴我。」

「那時，畢帝聞看不起我，不理睬我。」

「你怎麼辦？開始贏他同情。」

「我不會這樣做。我告訴宜齊，以後不要請帝聞到家裡來，這是我唯一堅持的一件事。」

「之後呢？」

「過了一段時間，帝聞看到我像模像樣在做我的工作，他對自己以往的態度感到抱歉。宜齊希望恢復讓他到我們家裡來，最後我也同意了。」

「之後呢？」

「我反正負責使宜齊高興。宜齊也笑口常開。他對自己的外表也日漸注意。他常去理髮及修指甲。他開始穿裁縫訂製的衣服及一下班就回家，享受休閒的生活。他也常開派對請客人——主要還是把我亮亮相。你看得出來。我說他很高興絕不是假的，是完全真的。」

「別的認識的人怎麼說呢？」

「開始的時候，他們都把我看成宜齊在市場裡買回來的東西，而我是對他沒有好處的一件商品。這是我面對的鬥爭。但是在我沒有來之前，我就知道我將面對的是什麼，所以一點也不放在心上。這情況下，做一個妻子要比做一個情婦困難得多。好在我事先都有想到，事後決心忍受。我決定這一次要做好這件事，使他們都喜歡我。我不要宜齊住在大廈裡，守住一個大家批評的小娘子。而是要他以我為榮，保有原來的朋友，經常有社交活動。」

「所以你使他的朋友都喜歡你？」

「是的，每次加一點。也不十分困難。人心總是肉長的，我喜歡他們，久而久之，他們也喜歡我。」

「用什麼方法達到目的呢？」

「坦白，自然。」

「有沒有年輕人動你腦筋？」

「那還能少得了，他們自然有寂寞的一面。」

「你怎麼應付？」

「絕不生氣，」她說：「唾在他們臉上，叫他們滾蛋。」

「之後呢？」

「之後，大家傳大家，知道我不欺騙人。突然，大家對我好了。」

「花時不多？」

「花不了兩個月。你會奇怪消息傳得多快。對我雖然困難，但宜齊很有人緣也是原因之一。宜齊常請客，我把場面弄好，人們都喜歡來我家。」

「畢先生呢？」

「也開始出現在客人名單中了。」

「之後呢？」

「之後，宜齊變成世上最快樂的人。他的朋友喜歡我，因為我使他快樂。他們不再看我是二手貨。說我是宜齊的強心針，客人的好主婦。」

「之後呢？」

「他突然死了。他的遺囑留給我一半財產。」

「多少？」

「唐諾。整個房地產尚未全部估算出來。總之值太多錢了。他有金礦，油井，商業投資。他什麼都有。我現在很富有——不是現在，是馬上會變很富有。」

「假如發生什麼影響宜齊聲名的醜聞，就沒有了。」

她沒有說話。

「當然謀殺是醜聞，」我說：「巴吉祿用來勒索你的事也是醜聞。」

她說：「我沒有殺巴吉祿。」

「你怕他？」

「是的。」

「你準備付他錢？」

「是的。」

我們靜默了一陣。我說：「再多告訴我一點畢先生的事。」

「畢先生愛上了『愛上我』的想法。」

「對這一點能不能多告訴我一點？」

「這——相當不容易……用言語來形容。他自己也一直非常寂寞。但太太早死了，他一直沒有再婚。他也沒想再婚。他自稱是面惡心善，不受歡迎的老古板。」

「我知道。」我說。

「他知道和我結婚前的宜齊是什麼樣子的。有多孤單。然後他看到宜齊的改變。我想他瞭解了結婚也許是件好事情。」

「和一個非常年輕、非常漂亮的小姐結婚，」我說：「當然是件好事。」

「他就是這樣想。」

「他有沒有同你求婚？」

「你一定要知道嗎？」

「是的。」

她說：「是的，他向我求過婚，甚至還寫過信給我。」

「怎麼說？」

「我來這裡之後，他寫了封信給我。說到他以前誤解我的不對。又說我實在非常公平。問我能不能過幾個月之後，在大家不會批評的時候，考慮嫁給他。」

「你怎麼回他？」

「我沒有口頭回答他，」她說：「我寫信告訴他，我有很多事情，在下次見面的時候要和他討論，然後不理他了。他是個戀愛中的中年人，也自以為有人在愛他。這種人會變什麼樣你知道，像小孩一樣——天真，愚蠢。」

「這些事，你告訴警察多少？」

「都告訴他們了，除了帝聞想娶我之外。我覺得我沒有義務把帝聞的私生活告訴警方。」

我說：「我想你做得很對。而且你也說動了警察。他們相信你了。否則你現在不可能在這裡。」

「我並沒有完全說動他們，」她說：「他們還要繼續不斷的調查下去的。」

「警察有這種想法也很自然。巴吉祿在勒索你。你只有這個方法比較一勞永逸。」

「是的，他們沒有真正控訴我，但是問話是向這個方向。」

「他們這樣問你，你怎麼回答？」

「我告訴他們，他們瘋了，我怎麼會拿支槍跑去把他殺了。這不是我對付事情的方式。」

「那你對付勒索者用什麼方式呢？」

「我不知道。」她說。

「但是你願意付錢？」

「是的。」

「為什麼？」

「我也不知道，說不上來，只是我不願他不斷的打擾。事實上他要的錢也不多。巴吉祿說下不為例。他只要一次，而且——」

「你知道勒索有如流沙。一旦進入，無法出來，越陷越深。」

「對大多數勒索者來說是正確的。也許這件事也是如此，」她說：「但是，巴吉祿對我說得滿像人樣。」

「說什麼？」

「他說他正好知道了這件事。他說他自己都恨自己要利用這個消息。他說他不是那種人。他不是勒索者，而且討厭這種人。他實在是因為經濟上發生了大困難，他需要錢。他知道我有太多錢，一輩子用不完，也許可以借他一點。他發誓要歸還我。他說他用錢是要來投資一件一定可以賺錢的事業。反正就是這些。」

「你有什麼把柄在他手裡？」

「有關宜齊死亡前幾天，我去買砒霜的事。」

「宜齊要你去買的？」

「是的，為的是他要剝製標本。我告訴過你全部真相。」

「你也全告訴警察了？」

「每一點。」

我說：「放心，小蕾，你說服他們了。」

「說服什麼？」

「說服他們你沒有殺巴吉祿，」我說：「你是好人。」

「唐諾。」她低聲地說。

「什麼？」

「我喜歡你。」

「妙極了，我就希望你能喜歡我。」

「你不喜歡我，是嗎？」

「喜歡。」

「沒有什麼表示麼？」

「現在是公事時間。」

「現在不是辦公時間。」

「我們這一行沒有什麼辦公時間的。我才開始進入狀況，準備工作了。」

「準備工作什麼？」

「準備把你自困難中救出來。」

她說：「唐諾——」

「什麼？」

她什麼也沒有說，完全把上身重量靠在我放在方向盤的手彎裡。她看著我，月光透過車窗玻璃照在她臉上，橄欖奶油色，朦朧的美極了。

過了一下她說：「唐諾，你逃不了的。你要是不吻我，我會吻你的。」

「不行，你不可以。」我說：「我們辦這件事不能和羅曼史合在一起。我們——」

她用手臂抱住我頭頸，把嘴唇湊上我的，把上身擠得我緊緊的。

過了一陣我把她推開說：「小蕾，聽我說——」

「不要說教，唐諾。」她說：「我先要喘口氣，我還要吻你一次。之後我就乖乖地坐回我自己一邊的車座去。讓你送我回城。從此我把一切都交給你。你愛怎樣處理都可以。但目前我心靈空虛，我從看到你就覺得你是好人。」

我說：「再要吻下去你會把事情弄混亂，你——」

「我知道，」她說著，把一個手指豎在嘴唇前，「不要講道。」

我說：「你可能已經把我臉上弄得都是唇膏了。」

「別傻，我在後座的時候就把唇膏擦掉了。」

「為什麼？」我問。

她笑道，「因為這樣正是我計劃好的，有預謀的。」

我心跳得有如建築大廈時在趕著打樁。

「寶貝，」我說：「這是極嚴重的事。你在一個一級大困難之中。我認為瑙瑪已經保出來了，是嗎？」

「她不會有問題，」蜜蕾說：「你不能怪她。瑙瑪在外面混太久了，懂得保護自己才十分重要，她要不保護她自己，什麼人會保護她呢？」

我說：「好。我覺得你也該多多照顧你自己。我問你一件事。今晨十點四十分左右，你在哪裡？」

她說：「我也在希望估計它出來。唯一我能算出時間的只有我曾在海灘上一小時半左右。」

「做什麼？」

「開始時是找畢帝聞，找不到他時我躺下來一段時間。我告訴過你，只是在海灘曬曬太陽，逛來逛去。」

「你逛來逛去的時候，有沒有見到你認識的人？」

「沒有，我醒來後沒有在海灘太久。有一船的新兵在港口，我想至少有兩百多個新兵到威基基海灘來走走。這些可憐的孩子，我很為他們難過。他們一個個表現得很有風度。我相信下船的時候長官有規定，不准吹口哨，學狼叫什麼的。但是長官沒有辦法限制他們的眼睛偷吃冰淇淋。這些新兵頭都向前，但是眼睛都斜過來把我看了個夠。這些可憐的孩子很寂寞，想找人談談，或是調調情。每個人在家鄉也許都有女朋友，或許有二、三個女孩子會覺得他很不錯的。突然他們應召了，漂泊到陌生的港口，只能在海灘上逛逛，看看一個個穿得很少衣服的美女——你會知道他們的心情。」

「我知道，」我說：「但是這我們管不著。你在火奴魯魯有多少朋友？」

「少得可憐。」

「海灘上你常去，沒有交到朋友嗎？」

「沒有，你知道怎麼回事。海灘上多的是觀光客，他們來一、二次就走。他們以奶白色的皮膚開始來曬。一曬就曬過頭了，變日灼了，變糖蘿蔔了，第二天都可能不敢來曬了。休息二、三天又想再曬黑一點，回去可以炫耀一下，又走出來。這種人會曬脫皮像橘子，再不然曬黑得像個馬鞍子。他們不交朋友，躺在那裡猛曬。我也喜歡我皮膚曬黑，但不能把這件事視為人生唯一大事呀。我實在和這些在海灘上的人沒什麼緣。」

「海灘上總也有幾隻狼囉？」我問。

「威基基海灘狼不多。而且行為都尚良好。海灘管理很好，巡邏的也多。粗手粗腳低級品不敢來這裡。當然，有的是用『眼』的人。但這種人世界上到處都有。唐諾，你問的是不是指我在海灘上有沒有男朋友？」

「是的。」

「沒有，絕對沒有。」

我說：「我們一定要想辦法證明十點四十分左右，你在威基基海灘。」

「我看你做起來會困難萬分。」她說。

我引燃引擎道：「我也正怕如此。」

「我們現在要回去了嗎？」

「是，回去。」

「回去做什麼？」

「我要回去工作。」

她嘆口氣說：「你是隻有自己主見的笨驢子。」

「誰說不是。」

我不敢把蜜蕾一直送回她公寓。我相信警察會監視那地方。最緊要的是目前我不希望警方知道我準備幹什麼。

我在她公寓四條街外停車：「到此為止，餘下的自己走路。」

她問：「你現在去哪裡？」

「去個地方。」

「不肯告訴我？」

「不肯。」

「會在旅館裡嗎？」

「暫時不會。」

「唐諾，我要知道你在哪裡。」

「為什麼？」

「我可以找你呀。」

「為什麼要找我？」

「我不知道，這裡目前變得太寂寞了。我感覺得到有大事要發生了。」

「把自己穩住，」我告訴她，「不會有事，至少你公寓外面會有警察守望著。」

「是的，我相信會有。唐諾，你不和我吻別嗎？」

「我吻別過了呀。」

「你只知道工作，是嗎？」

「百分之九十。」

她笑道，「我喜歡百分之十。」

「不是現在。」

我把手伸過她身前，伸向車門。她下車，想說什麼，但是我在她出聲之前把車開動。

我把車直接開到尼泊奴拉道。

顯然警衛的已都撤走。兇宅又暗又靜寂。仍有極少數好奇的人在房屋周圍一帶指指點點。

我停好車，出來，東看西看。

一個男人問我：「這是那兇宅吧？」

「我相信是的，」我告訴他，「我也不能確定。我有地址，地址是尼泊奴拉道九二二號。」

「那就是這裡了。」

「你為什麼特別有興趣呢？」我問。

「只是好奇心，」他說：「和你一樣。」

我在附近晃著。我新碰到的朋友像水蛭一樣甩不開。

我沿著磚牆外面的草地走著。在白莎形容的準確位置我看到那塊有白點的石塊，正下方是條裂罅。一個小的空洞看出有塊石頭被拉出來。

被拉出來的石頭在牆腳下，月光下石洞裡是暗暗的。

有沒有紙張揑成球狀塞在一隻手套裡，兩隻手套又搓成一團塞在石洞裡，我不知道。我也不敢再走近一點去查明。我也不知道這塊石頭是自己掉下來的。還是有人細查後發現這塊石塊較鬆故意拿下來，發現了手套的。

我裝扮一個隨便無目的的管閒事客，不在意地走近石牆。毫無疑問，那好奇的人引頸在注視我。我想他穿便衣或穿警察制服實在沒有太多差別。當我走回車子時，我的新朋友跟我一起過來。我知道這次他是有志於我的車號。

我決定耍點小花樣，使火辣麻基認為我這次來得很自然。

我說：「不要告訴別人，事實上我對這件案子很有興趣。我的名字是賴唐諾。我的合夥人叫柯白莎，是她發現屍體的。」

「真的呀！」他驚奇地叫道。

「是的，我特地來看看房子的方位和地勢。」我說。

「為什麼？」

我聳聳肩：「你有沒有試過從女人的形容中，去想像一個房子的外形？」

他大笑。

我說：「至少現在我對她故事有了點概念，知道她在說什麼。我已夠了，晚安。」

「晚安。」他說。

我爬上我租來的車，開走。

第十九章　藏起來的東西

我走去白莎在夏威夷皇家的房間，準備想要敲門。從門裡傳來絕不會弄錯夏威夷旋律的音樂，使我暫時停下手來。是令人著迷的最流行、最典型的草裙舞曲調：「大家來跳呼啦」。

我在門上敲敲。

音樂立即停止。我聽到白莎的聲音：「什麼人？」

「唐諾。」

「等一下。」

她遲疑了一下，然後改變主意，一下把門打開。

我走進房間去，白莎穿著她的夏威夷裝。

一隻手提電唱機在白莎的航海箱上，她把唱機在我敲門後關掉。紅紅的臉向我說明她正在練習草裙舞。

我只當不知道，但白莎知道我只是圓滑不說而已。

「這狗屎島上一定有什麼東西會鑽進人的血裡去。」白莎說。

「我不知道，」我告訴她，「氣候，友誼，好客，種族的寬容。也許是混合產品。」

「不論是什麼東西，」白莎說：「我從來這裡開始就像個笨蛋。」

「為什麼？」

白莎指指鏡子和電唱機：「你要告我的密，向畢帝聞提起，我就把你心挖出來。」

「不要擔心，」我說：「畢先生也受著這裡氣候的影響。再在這裡留兩個禮拜，保證他像人猿泰山一樣在樹林裡盪來盪去，還會用兩隻手拍著胸部大吼呢。目前，把你的音樂器材和夏威夷戲裝收起來，因為你要去工作了。」

白莎冒火地看著我。

我說：「這件事一定要女人去做。要個有頭腦、敏感，有技巧的女人去幹，男人去做別人會笑的。」

「是什麼工作？」

「而且要小心，在我們把證據拿到手之前，不能讓警方知道才行。」

「講。」白莎說。

我說：「一條運兵船進港，船上新兵今天早晨全部離船下岸。其中一大批來到威基基海灘，他們無目的地亂竄。拿了照相機在照相，同時眼睛吃點冰淇淋。」

「又如何？」

我說：「木蜜蕾說她早上躺在沙灘上，手足伸展著曬日光浴。」

「嗯！」白莎說：「也許她是。」她又看著我說：「也許，她在小屋裡謀殺巴吉祿。」

「還是有可能的。」我承認。

「這樣好一點。」白莎說。

「什麼好一點？」

「那會騙人的雙面驕娃一直在向你擠眉弄眼的，就希望你能給她造個假的時間證人出來。她一定是先把你催眠了，讓你認為她不可能是兇手。這樣你才會死命地替她去辦事。」

「有什麼不對嗎？」我問她。

「當然什麼都不對。」

「好，我決定對這件事沒有偏見。不說她無罪，也不說她有罪。」我說。

「你也許說保持中立，但我敢用五十元打賭你五元，那女人已經找機會向你調過情了。」

我說：「你要不要聽聽我想對你說的——」

「五十元打賭五元，」白莎說：「用的是柯白莎的錢——私人的，不是辦案經費的錢，我不喜歡輸錢，除非絕對有把握，我不會和人這樣賭法的。」

「我知道你不會。」

「你賭不賭？」

「我正在談公事。」

白莎嗤笑說：「這本來不能算什麼賭。即使她不向你調情，你也會向她調情的。相反的，要是她向你調情，說不定你還會假正經談公事呢。好，就談公事。你要我幹什麼？」

我說：「我要你去運兵船找位年輕有權的軍官。這些人都很寂寞，他們感受性很強，很肯討好女性。你可以——」

「你認為他們會來討好我？」白莎嗤鼻說。

「那是當然的。」

白莎說：「我只是聽聽就算。我不笑出來已經不錯了。不過我已忍耐著暫時不罵你。」

我說：「找到個軍官，請他在這些阿兵哥裡面問一問。必要時請他再找兩個軍官幫忙。」

「問什麼？」

「我要他們問這船上每一位在威基基海灘照過相的阿兵哥。他們相片一沖洗出來，我們都要看。每個人可在照相背後簽上名。我特別要看照海灘上人物的照片。」

「你認為會照出木蜜蕾在海灘上？」

「假如她在海灘上，他們會照到她的。她說她伸手伸腳的睡在那裡，像她這種身裁，穿的是泳裝，即使不是躺著，只要在海灘走走，這些帶著照相機，初來這裡，沒有特別東西好照的阿兵哥，應該至少有半打以上的人會獵取她這個鏡頭。想想看，那一帶今天有幾百個阿兵哥。」

白莎想想說：「沒有錯。」

「假如鏡頭裡都沒有木蜜蕾呢？」

「這就是為什麼我們必須在警察想到這個特別角度之前，偷偷的先查清楚。而且不能讓他們知道我們在想什麼。」

白莎嘆氣說：「好，明天一早我就去忙這件事。」

我向她笑笑。

「又有什麼地方不對啦？」

「每個地方。」

「老天，你不會要我今天晚上就開始吧？」

我點點頭。

白莎真的長長地嘆了口氣：「人生總有人不斷的搗蛋，讓別人過不了好日子。你要說不出理由我就叫你滾到一邊去。假如我們在照片中找到有她。又如何？」

「那我們就找到照這張相片的人，請他回憶他在海灘上照這張照相的時間。」

「這就會十分困難，」白莎說：「而且這不見得能說服警方呀。」

我說：「你不會是去問這問題的人。」

「什麼人去問？」

「蜜蕾。假如她還是自由之身，就由她去問。」

她問：「為什麼不乾脆把蜜蕾送到兵船去，問這些阿兵哥什麼人記得她？會得到百分之九十八的陽性反應。每個阿兵哥會願意發誓——」

「這就是我要避免的事，」我說：「我要先拿到證據，先看到照片。」

「給你說起來很合道理，」白莎懶懶地說：「好，我再把我的頭伸出去一次。」

「畢先生過得還好嗎？」

「可以，他倒真的肯為小蕾做隨便什麼事。你知道他怎麼樣？」

「怎麼樣？」

「他到我房裡來告訴我，假如要他自己掏腰包拿十萬元出來，只要人家不去找蜜蕾麻煩，他都肯幹。他正準備找律師。而且正式告訴我們從現在起我們自由工作，費用無限制。」

「那很好。」我說。

「奶奶的！唐諾，」白莎說：「我真希望你不是那麼注意曲線。」

「我沒有呀。」

「沒有？」白莎說：「我注意到蜜蕾每動一動，你眼珠都盯得快掉下來了。老天，那女人走起路來就像隻求偶的沙蚤在沙上跳舞。」

我對白莎笑笑，走出去。讓她自己去想用什麼來形容女人和易感受的男人比較適當。

我開車來到水子前一夜晚上停車的那個地方。走上幾級門口的石級，我按門鈴。

一個夏威夷日本青年來開門。

「水子。」我說。

他看著我，沒有表情。

我把手握住上衣的翻領，翻開一點點，又把它放下。

「是的，警官。」他說。

過不多久，水子來到門口。她看到是我，退回屋去，好像我會打她一樣。

我跟她進了屋子。

那夏威夷日本青年疑問地看著她。她用日本話和他談了幾句。我找張椅子坐下。

那日本青年指著門對我說：「出去！」

我坐在那裡。

他用惡意的樣子向我走過來，我用右手伸進上衣的左側衣襟裡面，對他敵視地看著。

他不喜歡我看他的樣子，但我把他唬住了。

他把雙肩垂下問：「你來幹什麼？」

我轉向水子：「什麼人付錢給你，叫你換錄音機帶子的，水子？」

她的臉像木雕做的。我認為她是不會回答的了。然而她用低低的聲音回答：「巴吉祿。」

「還有別人嗎？」

「沒有別人。」

「你認識薛西迺嗎？」

「薛西迺。」她跟了我的聲音唸這個名字，還蠻像唱歌的聲音。

「薛西迺。」我再強調。

「不認識。」她說。

我說：「昨天晚上，你去過巴吉祿家裡？」

她眼皮眨了兩下。也不點頭，也不搖頭，只是站著看我。

「那時房子裡還有別人嗎？」

「女人？」

「可能是女人。但我在問女人，男人，任何人。」

她又不說話。

「你有看到什麼人嗎？」我問。

她深色的眼睛很穩定地看著我，眼珠黑得像塗了層黑漆，看不透她在想什麼。

「你有沒有看到什麼人正在巴家做客？」我問。

她還是保持沉默。

我說：「薛西迺昨天晚上也在巴家，再不然他是今天早上和你聯絡的。他大概三十歲，相當高，藍眼珠和寬肩膀。我要知道他叫你做什麼事。」

她仍是穩定地看著我，全身一動不動。兩隻眼睛冷靜，完全不能測出她在想什麼。是那年輕日本人給了我感應。他無法控制他身體完全不動。一定有什麼發生了。

我一下轉身。

薛西酒站在門口，眼睛又冷又硬，一把藍鋼左輪直指著我。

「你這個多事的狗雜種。」他說：「佐籐，把他槍拿下！」

那年輕日本人向我走來，他現在在笑，一種勝利的笑容。他看起來像隻貓。

「不要走進我射擊線裡去。」西酒警告地說。

我看看佐籐說：「你不要試，年輕人。你會送死的，再出現一個屍體，西酒就無法解釋了。我不在乎。」

佐籐遲疑著。

「去拿呀，」西酒說：「他在唬你。我們來對付他。以後我來解釋。」

是水子打破了僵局。她用日語說了些什麼，佐籐突然對我像貓一樣，伸出抓人的爪子。

我向邊上移一步，揮出我的拳頭。

這正是佐籐等著的。他用鋼鉗一樣的手指扭轉我的腕部。我只感到身體撞上他故意突出的臀部，我看到房間在打轉，轉著一個病態的圈子。桌子在我頭上，天花板在我腳底的方向。我又整個翻了一個轉，一頭撞在牆腳上。

佐籐一下壓住我上身。他是隻貓，我是老鼠。

我全身發抖，胃裡冒酸直想嘔吐。我還是伸出了兩條手臂，要給他來個鎖喉動作。他把我扭轉，使我像個大麻花，我聽到水子沙灘鞋走過來的聲音，她不動聲色地站定在我身邊，把一卷紗布繃帶交給佐籐。

佐籐換手用一隻手扭住我，抽出一隻手伸進我左側上衣內，想從我脅下槍套裡拿我的槍。沒有槍，也沒有槍套！他再摸我其他部位。

「搞什麼？」西迺說：「先拿槍！」

佐籐充滿自責地說：「沒有槍。」

西迺把頭向後一仰，聲震全室地哈哈大笑。

我瞥了佐籐一眼，我想佐籐對他這種笑法不很滿意。

「好吧！」西迺笑完了，把槍放進口袋說：「看看他身上有什麼？」

他們把我外套和襯衣扣子解開，把褲子褪下，把我汗衫捲上去。他們把我全裸地放在地上。西迺搜衣服，佐籐及水子搜我身上。真搜，不是蓋的。

搜查完了。薛西迺把從我口袋中拿出來的東西，一件件都排在桌子上。

「說吧，聰明人，」他說：「東西在哪裡？」

我的頭感到有人用槌子把我敲開了一樣。每次心跳，腦子裡就脈動地大痛著。

「什麼東西在哪裡？」我輕聲地問，試著不使他們知道我的痛苦。

他笑著，走向我。把腳移後再猛踢我屁股。

我退避著。

佐籐大笑，日本式神經質的笑。

「唐諾，」西迺說：「我們知道是你拿到了。我們查過你房間，我們查過你車子，我們查過你接觸過的任何地方，我們沒有找到。我現在承認你能幹。我不能再玩捉迷藏了，我沒時間玩了。我要這玩意兒。」

「我不知道你在說什麼。」我告訴他。

我看到他臉色變黑。

我說：「我不知道你要怎樣對待這裡的佐籐和水子。你想隱瞞他們，也沒有辦法可以防止你。欺騙合夥的人反正是你的習慣了。你殺死巴吉祿，因為你想到能獨吞何必對分呢？我不知道你和佐籐及水子怎麼說妥的。但是——」

他又踢了我幾腳。

這幾腳非常痛。雖踢在我脊背上，但牽動了疼痛的頭腦。我知道我唯一的希望是使佐籐和水子對他失去信心，但我忍不住這種肉體的痛苦。我知道他再要踢我，我胃裡的不舒服又要發作了。

我勉力把精力集中，以便再施以心戰。

「講，」西迺說：「放在哪裡？」

他又踢了我一腳，這一下我沒有心理準備。

我真的不舒服了。

「給他把衣服穿上。」西洒說。

水子半跪著替我把衣服穿回。她幫我把褲子拉上，扣上襯衫鈕子，甚至因為我雙手被反綁，上衣已被拉起褪到前臂上，她也把我上衣拉回原來樣子。她把我褲子拉上去後，謹慎地立即把我足踝綁起。

西洒拉過一張椅子坐在我身旁。他說：「不要以為沒有事了。我喜歡在你身上練足球，非常有趣。你自己想多受點痛苦我無所謂。你還有得受了。我會帶你到一個地方，到時你可以決定要怎麼辦。」

我勉強忍住痛苦說：「你完全弄錯了。你要是有虐待狂，我沒有辦法。但是我不知道的東西，你怎能逼得出來？」

他又粗聲粗氣，難聽地笑了。「這東西怎麼會到那裡面去的，我始終弄不明白。」他說：「但是你把那電影攝影機從信箱裡拿出來的手法倒是很高明的。我們找到一個證人正好親眼見到。那個時候他沒太注意。我老實告訴你這電影攝影機對我還是個諷刺，老巴藏那裡真把我騙過了。有一點你要弄清楚，我並沒有殺他。但是你藏起來的那東西，我十分看重。如此而已。」

我知道，這下他是逮住我了。再也沒有理由裝聾作啞，讓皮肉受苦。我想他會打死我，而且他會樂意這樣的。

西酒又把腳抽回。

「我說，我說。」我趕快叫道。

他暫時不踢出來，但是並沒有收回野蠻的個性。

「在哪裡？」他狠狠地說。

「唯一你沒有看的地方。」我說。

「我每個地方都看了。」他說。

「那你該找到了。」

他辯不過邏輯上的事實。又想了一想說：「好，哪一個我沒有找過的地方？」

「活動百葉窗。」

他說：「少給我胡扯了。」

「不是在條板上，而是在上面裝飾用的窗簾箱裡面。」

「在裡面？」

「裡面。」我說：「我用膠帶把那東西貼在裡面。除非你把活動百葉窗拉上一半，把頭伸出窗外，再向上看才會看到它。」

「你這狗雜種。」西酒罵道。語調裡還有相當敬佩之意。

我躺在那裡不出聲，雙目閉著。

在我上面我聽得到薛西酒站在那裡，在深思。

突然，他說：「還是要給你點顏色看。早叫你說，你不肯。」一腳踢向我。

然後他忽然野性大發似的以腳尖猛刺我的胃部。

我把自己腰部彎曲起來保護自己，佐籐把他拖過一邊。那日本人說：「以後再修理他，要緊的是趕在警察之前。」

不管薛西酒殘忍的個性想如何修理我，他也不能忽視警方隨時可能先他而找到他要的東西。

佐籐扶住他雙肩，把他推向門口：「快去。」他說。

西酒說：「你們給我看住這傢伙等我回來，就讓他這樣躺著。不要聽他向你們亂說什麼話。」

西酒快步出門。一會兒之後我聽到引擎發動，一輛車自路旁開出的聲音。

我把眼睛睜開。

佐籐高高站在我身旁。手裡有支點了火的香菸，在沉思著。

「哈囉。二百五。」

「什麼二百五？」

「我在說你二百五——容易受騙，做人爪牙，代人受過。」

「想讓我也踢你兩下？」

「我只想告訴你事實。」我說。

「西迺回來後他會給你更多苦頭，說不定我會幫他忙。」

我說：「這就是你二百五的地方。你想西迺會回來？」

佐籐看著我，眼皮低垂，眼睛半閉，猛力吸口菸。

我說：「你想西迺拿到了他想要的東西。他會回到這裡窮泡等著你來分他的錢。再說你想他會留在島上，讓島上警方搜他行李，問他話？別傻了。」

「他會做什麼？」佐籐慢慢地問。好像不願追隨我的意思玩我導演的遊戲。但是又忍不住好奇心要問一問。

我說：「我要是他我會飛回本土去。據我知道他有一張今晚的機票。也有明晚的預定。」

「飛本土？」

「當然。」

「他有訂位？」

「訂位，而且有機票。」

他的眼睛現在只剩一條縫了。

水子很快地用日話向他說了一些話。

「你不一定要相信我的話，」我不在乎地說：「打個電話給航空公司問問。」

又是一堆日本話，然後我聽到水子穿了沙灘鞋拖著後跟走路的聲音。

我聽到撥電話的聲音，然後水子有禮貌地說：「請問有位薛西迺先生今晚飛不飛本土……他有沒有訂位……喔，有機票……謝謝你，非常謝謝。」

她掛上電話。

兩個人用日本話匆匆交換著意見，像西班牙舞的響板。一會兒水子快步跑向我，彎下腰，一大塊膠布封上了我的嘴巴。

又有更多的日本話，更多的腳步聲。我聽到門被碰上的聲音，又是一輛車引擎發動聲。一輛車又自路邊開走。

我試著扭動手腕。繩結是用熟練的技巧綁成的。想想日本幾代祖傳海上討生活，綁個結，不是隨便掙得掉的。

現在剩下的活動只有流動。

窗口前有一張小木桌。桌上有隻日本式花瓶和一個雕像。我把兩隻腳伸進木桌下面的橫檔，用力舉起推動。

木桌撞到玻璃窗，花瓶自破玻璃中衝出，在走廊上破碎地滾動著。

我把腳舉起放下多次，更多的破玻璃跳出窗去。

我等著。

等了好像沒有希望結束的一個世紀。我在想，有沒有力氣能將整個小木桌翻出窗戶去。

然後聽到外面的腳步聲和一個男人的聲音。有點怕怕的問：「有沒有出什麼事呀？」聽起來只要裡面有什麼危險的事，他會第一個先逃。

我從喉中弄出聲音，我又把桌子弄得乒乒乓乓響。

我看到一張臉，自窗口向內張望，然後這男人轉身就逃。我聽到他腳步聲逃下走廊，過了一下，腳步聲變成小心、害怕，試探性的又向這邊走回來。又一次他向室內窺視。過了一下他試著轉動門把，走了進來。

他怕極了，我要是動一動可能會把他嚇跑了。他彎身向我，用手抓住膠布的角上，猛拉膠布。

好像嘴上每一塊皮膚都被撕下一樣。但膠布撕下了。

「小偷，」我說：「把我解開，報警。」

「他們哪裡去了？」

「他們走了。」我向他保證。

他就是等這一句話。他開始工作，把我手上的綳帶解掉，我坐起，拿出我的小刀，割除腳上的繩子。

我全身感到不舒服。

「他們是暫時離開，」我說：「但他們會回來的，所以他們要把我綁起來，那樣——」

已經足夠，那人也沒有等我謝他一下。他離開這個地方，有如飛機從母艦上彈出去一樣。

我估計我還有十分鐘時間上的多餘。

我全身疼痛。每移動一下，受傷的肌肉都會提出反抗，但我還是把這地方好好地看了一下。

廚房一個釘子上掛了兩把鑰匙。是配貴鎖的鑰匙。我看了一下，是兩把不同鎖的鑰匙。它們和水子住的地方，前後門的鎖都不合。我把兩把鑰匙都放進口袋。

又轉了一圈，沒有值得注意的東西。

我向前門走去的時候，聽到走廊上傳來了快步聲。我站在前門背後，一聲不響。

薛西酒一下把門打開，大步走進來。

看到了空無一人的客廳，他呆在那裡，站的正是對我最有利的位置。我把全身的力量放在腳上，向他踢去，他向前倒去，手和膝蓋碰在地上。

我一腳踢在他胸側。

「味道如何？」我問，又一腳踢在他前胸。

他向上看，滿臉驚奇，不信。

他掙扎著想爬起來。我一腳踢在他下巴下，自己走了出去。

我現在懂了，要變一個虐待狂是很容易的事。

最後踢他的那一腳，真是過癮。

第二十章　謀殺時間

所有的航空公司都是客氣萬分的。他們有沒有客人都要飛班機，何況這個季節等候客人特別多，有人取消訂位他們並不在乎。他們只要機票號碼，並且告訴我機票也可退錢，也可一年內隨時使用，或是換乘別的航線。

我敲柯白莎房間的房門。她打開房門，怒視著我說：「嘿，你真是搞得一團糟。進來，來得正是時候。」

我走進去。

畢帝聞坐在椅子的邊邊上，手杖在他手中。一頭支在地上，圓頭握在相疊的兩手裡。大大生氣地抖動著。

「你怎麼啦？」白莎說：「路都走不穩，像個跛子。」

她想阻止自己說那最後兩個字出來，但是太晚來不及了。趕快掩飾地加一句：「被車撞了？」用眼角偷偷看一下畢先生，看他有沒有加重怒氣。

我把自己坐進一張椅子。

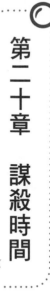

「我和人打了一架。」我說。

「老天，」白莎說：「你又讓自己被人打了。老實說，我不知道你為的是什麼。你好像老愛被人家當個網球打來打去。你能不能也打一次勝仗看看？」

「顯然有困難。」我說。

「唐諾，我們現在把事情弄糟了。」

畢帝聞怒氣沖沖看著我說：「所有替我工作的人，我都要求他們對我有信心和忠心。我信任他，也希望他不玩花樣。」

我把身子扭一下，使最痛的地方壓在坐墊上，不會動一動就疼痛。

「等一下，畢先生，」白莎說：「不要把唐諾看扁了。別人把他踢來踢去沒錯，但這小子腦子特別好，他會想出正確答案來的。」

「不必為我的鈔票多花腦筋，」畢帝聞說：「從我的立場看，我不喜歡別人把我拖著團團轉。」

「不要這樣，」白莎說：「有什麼不滿意，可以——」

畢帝聞搖著他的頭。

白莎咬著上唇，怒目的看著他，像要殺了他。

「怎麼回事？」我問。

畢先生說：「很不幸的，我到現在才第一次知道，柯太太在姓巴的住的地方，有拿到一點東西。」

「不過是一架用舊了的電影攝影機，」白莎叫說：「老天，我到舊貨攤上去買一打給你好了——你一定要這樣說的話。」

「不是攝影機的問題，」他說：「是攝影機裡面有什麼的問題。既然賴來了。賴先生，那東西哪裡去了？」

「警察找到了呀。」

「我的意思是裡面的那個東西。」

「底片也在裡面，警察已經把它沖洗出來了。」

「我知道，」他說：「照的皇帝街街景，是兇案發生兩小時之後拍的影片。天哪，我以為我至少可以信任你們兩位。我付你們鈔票，對你們公開交易，當然沒期望會欺騙我。」

「誰說有人在欺騙你了？」

「我說的。」

「老實說，你付的錢，一毛也沒有浪費。」

「我不以為然。我付錢讓你們來——」

「你付錢讓我們來，」我說：「保護木蜜蕾。」

「對了。」他說。

「我們是在保護她。」

「沒有，你們沒有。你們應該把那消息轉告給我——任何消息。」

我搖我的頭。

他說：「我認為這是個完完全全不可原諒的不忠實行為。」

我告訴他：「有的時候我們應該把得到的消息全部告訴我們雇主，也有的時候有原因不必。這次正好是不必。」

「我要知道，攝影機裡面有什麼，賴先生。」

我說：「一卷微縮底片，兩張銀行租保險箱的收據，和兩把保險箱鑰匙。」

他突然自椅邊坐直。「好極了，」他說：「正中紅心。這正是我們要的東西。有了這些東西，世界都改觀了。我們現在真的能保護木蜜蕾了。」

「你很高興我們取到了這些東西？」我問。

「還用你問？」

我說：「好，是白莎拿到的攝影機，是我把裡面東西拿出來的。東西在一個安全位置，沒有別人找得到，也沒有理由去動它。這是你希望不要被人見到的東西。現在不會被人見到了。你可以不擔心了，你該恭喜我們工作優良，不是坐著吃飯亂搞的。」

「你要早告訴我，我早就不會死擔心了。」

我搖著頭：「你忘了警方找到了購買毒藥影印的收據。」

「是的，」他想了想說：「沒有錯。」

我瞥向白莎，抬起眉毛。

「好了，是我告訴他的，又怎麼樣？」白莎生氣地說：「我受良心責備，告訴他要他絕對的保密。他硬要把屋頂掀起來，干我屁事。」

「我為什麼不？」他說：「我們應該是站在一邊一起工作的。而你們找到些什麼，卻不告訴我。老實說，這還是第一次你們告訴我的資料。」

我說：「警察詢問你的時候，你還不知道，是嗎？」

「不知道。」

我說：「今天臨睡做禱告的時候，別忘了感謝主，幸而當時你不知道這件事。」

「為什麼？」

「因為你知道了，警察不久就會知道。白莎當時做得很對。你看，你有一雙薄手套，是你放了一些找到的紙在裡面，一起塞進一個石縫裡的。是嗎？」

「是的。」

「你拿到了嗎？」

「你意思是我有沒有從石縫裡拿出來？」

「是的。」

「沒有。」

「它們哪裡去了？」

「仍在石縫中。」

「你沒有差什麼人，讓他為你挖出來？」

「沒有。」

「你沒有告訴任何人，你做的這件事？」

「沒有，只有柯太太知道這一件事。」

我說：「它們不在那裡了。已經不在了。」

「你能確定？」

「不能完全確定，因為我沒有把手伸進縫裡去試探那玩意兒是否在裡面。不過我看到堵住那個縫的石塊已經掉下來。月光下，我看不到縫裡有東西。我想任何東西只要在裡面，我會看得見的。」

他皺眉說：「那可能會很嚴重。」

我什麼也不說。

「無論如何，」他說：「我還是要說，這件事你們嚴重破壞了你們的信譽。」

「我認為不然。」

「我認為如此。」

我說：「你請我們保護木蜜蕾。」

「是的。」

「好了。我們正在保護她。」

「保護她哪一方面？」

「據我記得，你僱我們保護她——不受任何困難傷害。」

「沒錯。而你們做的第一件事是匿而不報對她最重要的證據。」

「沒錯，正是為保護她而如此做的。」

「你的意思，有關蜜蕾的事你連我都不能信任？」

「正是如此。我說。」

「荒唐！為什麼？」畢帝聞吼道。

白莎說：「不要這樣，唐諾，不要這樣。我們慢慢談，這事好解決，一定有——」

「不行，沒有辦法。」畢先生說：「你們算完了。你們兩個不必忙了，兩個人都解僱了。現在要止付我給你們的支票已經太晚了，反正你們也兌現了。但是從現在起，你們付你們自己的開支。不滿意可以去告我，我把你拖進法庭去讓全世界知道你會欺騙客戶。我寧願花五萬元打官司，也不再給你們一分錢。」

白莎痛苦，生氣地看著我。

我對畢帝聞說：「今天早上，你口袋裡怎麼會正好有副手套？」

「我不知道。」他激怒地說：「我在保護我的手。我手有點曬傷，同時——」

我說：「在夏威夷，沒有人帶手套。」

「我要帶，有什麼不可以？」

我說：「那是因為你知道你要搜查姓巴的房子，不願留下指紋，所以帶副手套在口袋裡。」

「你說什麼呀？我們到那裡，才知道發生謀殺。」

「是什麼人幹的？」我問。

「一個女人幹的。」

我搖搖頭：「亂講，亂講。畢帝聞！你對你的偵探，不講實話。」

「你在暗示什麼嗎？」

我說：「這件案子全是你用心地設計好的——」

白莎打斷說：「不是。不是。唐諾，不能想錯了。我們不能在這一點上開玩笑。你也知道，畢先生一個早上都在海灘上。是我告訴他巴先生的事，而後我和他一起下去。我和他始終在一起。」

我問白莎：「謀殺是什麼時候發生的？」

「正好我們開車到達，」白莎說：「或是早一點點。」

「不是！發生在你去打電話報警的時候。」我告訴她。

「什麼？」白莎叫出聲來。「你瘋啦。我去打電話報警，因為——」突然她停止說下去。

「當然，」我告訴她，「你並沒有離開汽車。你那時也沒有見到屍體。畢帝聞走去門口，從窗裡看進去，回來告訴你巴先生被人在眼中間開了一槍，躺在床上，一堆報紙在床邊地上。」

白莎用她的小眼睛看著我，眼瞼皮搧呀搧的。

「但是他說的沒有錯，」她說：「我也親眼見到屍體了。」

「那是你報警回來之後，躺在床上的當然是屍體。」我笑對她說：「畢帝聞走向門去的時候，躺在床上的是活的巴吉祿，而且正在看早上的報紙。」

我繼續說：「是姓巴的開的頭，想勒索木蜜蕾。但是薛西迺，他是這件事的首腦，看透除了木蜜蕾之外還有一條更大更肥的魚。這個人，真真有罪，而且太有錢了。」

「你在講什麼呀？」畢帝聞說。

「巴吉祿謀殺案。」

「那就講吧。」

我又轉向柯白莎：「畢帝聞叫你去鄰家報警，由他在原地等。你爬石級去鄰家。他走進屋去，把槍拿出來，把子彈送進他兩眼之間，儘快回到門廊下，所以你在鄰家打電話的時候，還可以遙望到他在門口徘徊。

「他曾希望殺掉他後，在你回來之前，來得及找到他要找的文件。但是時間不夠。所以必須說服你跟他再進去一次。」

「你這個吹牛的騙人精！」畢帝聞大吼：「我要叫人吊銷你執照。」

我理都不理他，還是繼續對白莎說：「畢帝聞哪會管木蜜蕾的死活！都是做作而已。木蜜蕾是拿到過砒霜，但是這不是毒死木宜齊的砒霜。這也是個陰謀。畢帝聞告訴木宜齊他也想學著剝製鳥的標本，請宜齊給他弄點砒霜，宜齊就叫太太蜜蕾給他去店裡帶回來。」

畢帝聞盛怒之下反而冷靜下來。他說：「我不知道怎樣可以使你們兩個永遠不再吃這一行飯。但是只要金錢，時間，甚至不正當手段可以使用的話，我都要用。你們是最低級、下流的私家偵探。你們是這一行的敗類，渣滓。你們反過來欺騙主顧，吃客戶。」

我向他笑笑。

白莎也對我生氣到無以復加：「我弄不懂你吃錯了什麼藥？扭到了哪根筋？這件案子我們的主顧像聖誕老人一樣，而你自己在脖子上打那麼大一個死結！」

「現在讓我再告訴你一些事。」畢帝聞告訴我：「法庭上講究的是證據，我不知你聽到過沒有。假如沒有的話，現在也許正好可以學習一下。你看了太多偵探小說，小說裡聰明的偵探用手一指，犯人立即崩潰自白，再不然就是拿出一支槍自殺或逃亡。

「現在我要把這個程序倒過來。你已經當了證人的面說了不真實、誹謗、惡意的指控。我倒要請你提供一點證據出來。年輕人，要是你提不出來的話，你知道法律對你這種人也有一種處理方法的。而我絕對會請最內行的律師，向你討回公道。」

白莎說：「假如你一定要用這種方式來說話。你這個自以為了不起，殘廢的龜兒子！

我會給你看一點你也從來沒有看見過的手段。老實說，我想你——」

有人來敲門。

我們全體靜下來不作聲。

畢帝聞嚴肅地對我說：「我們現在不需要別人打擾。也許，我們都失去應有的禮貌了。也許大家不堅持己見可以重新在互相信任情況下，研究出——」

敲門聲變得非常明確了。

我走過去把門打開。火辣麻基警官站在門口走道上，微笑著，鞠躬。

「不能進來嗎？」他問道。

「不行！」畢帝聞喊道。

「不行！」白莎吼叫道。

我站向一邊。火辣麻基進門說道：「謝謝你，謝謝你。」

我把門關上。

火辣麻基說：「你正提到證據，畢先生。真是非常有興趣的話題。我想我可能對你們會有所貢獻。所以決定不請自來，參加討論。」

「你說你聽到我們的討論？」白莎問。

「喔，當然。」火辣麻基說：「我們對這房間在竊聽，你知道。不要難過，只是警方常規工作，柯太太。」

「錄音了？」白莎問。

「喔，當然，錄音，而且有證人在聽。我們就在你隔壁房裡。」

畢帝聞說：「那好極了。賴唐諾對我人格的誹謗，現在有證人和有證據，我可以放心地控告他了。」

火辣麻基警官重拾話題：「有關證據，賴先生，你倒有些有趣的結論——也許我該說是推理。」

「只能說是懷疑。」畢帝聞不高興地說。

「現在，我們可能到了提供證據的時候了。」

「是嗎？」我問。

「廁所水箱裡的手槍，」火辣麻基說：「不管是什麼人放進去的，什麼時間放進去的，已證實是殺人的兇器。」

畢先生想說什麼，改變意見又不說了。

「很明顯的，」火辣麻基說：「假如有人殺了這個敗類，正好知道有個機會可以誣在木太太身上。最好的方法，當然是把槍栽到木蜜蕾家裡去。」

「我想賴先生也看到了這一點，所以他一再建議搜查的警員要好好地每個地方都看到。」

我點點頭。

「當然，我也有這個想法。兇器沒有留在現場時我就有這種想法了。」火辣麻基說。

畢帝聞嗤聲揶揄說：「那你們這些猴子猴孫為什麼第一次搜查的時候，不看看水箱。這不使事情簡單得多了嗎？」

「可是，你們不知道，」火辣麻基說：「這只是警察的常規工作，我們第一次搜查時看過了——看過了。」

「看過了？」畢先生問。他的下巴掉下來合不上去。

「當然，」火辣麻基理所當然地說：「你想我們火奴魯魯警方，在處理這樣一件重大案件的時候，怎麼可能有個警員，會被別人詬病沒有搜查這樣一個明顯的藏物位置。」

「明顯？」畢先生問。

「當然，當然。」火辣麻基用客氣、安慰的語氣說：「對你或許不以為然，畢先生。外行的人走進浴室，想要藏匿一件罪案的證據，他會四處看一看，看到便器上的水箱，以為找到了理想的藏匿地點，還自以為是天才。但是，畢先生，我們是專家。我們每天遭遇和接觸這一類事情。

「對你恐怕一生只有這樣一次。我想你從來也沒有碰到過這樣的事，要匆忙地把一件重要東西藏起來，尤其一定要在特定房子的有限空間裡。廁所的水箱，在你看來的確太理想了。

「我們的人每年會有好多次要搜查特定場所。我向你保證，你並不是第一個認為水箱是個好地方可以藏匿東西的人，也不是第一個認為警察不會看那地方的人。

「當然，另有件事，」火辣麻基繼續說：「我們相信外人要栽贓的話本來就該栽在浴室裡。而水子——那個日本女傭人，她要栽贓的話，多半會栽在廚房裡。

「你會不相信，世界上有多少傭人、廚師會認為把東西放在糖罐、麵粉罐，甚而咖啡罐裡就不會被別人找到。所以我們警察搜查廚房的話，第一要看哪裡？現在連你也懂了。所以我們在第一次搜查木蜜蕾公寓的時候，怎麼可能不看浴室裡的水箱呢？

「據我看來，畢先生，你帶了柯太太去拜訪木蜜蕾。你向木蜜蕾保證你要支持她到底，你會請最好的律師代理她的權益，你願意掏腰包不論花多少錢都可以，只要能保護她。

「這些個甜言蜜語，目的不過是要由你全部控制蜜蕾的訴訟。因為是你出錢在請律師，你可以決定戰略。於是你會自自然然把她送去為謀殺案定罪，但是在外表上，你還是拚命救她脫罪的老好人。」

「照這樣說，」畢先生譏諷地說：「也許你能告訴我們，我為什麼要花那麼多勁，去欺騙一個我那麼愛的女人？」

「喔，當然。」火辣麻基警官說：「你知道木宜齊已經叫他太太去拿砒霜了。所以你選擇砒霜來對付木宜齊。用不著多花什麼腦筋，請個會計師查一查你們合夥的賬冊，一切答案都可以出來了。

「那個勒索者，巴吉祿，非常聰明，但他得到了錯的證據。他想勒索木蜜蕾，但是你才是真正有罪的人。

「薛西迺，勒索集團中的主腦，到這裡來要告訴他這件事。你知道了他要來，所以安排和他同船前來。也帶了偵探來『保護』蜜蕾。很聰明，非常聰明，但是還不夠聰明。」

火辣麻基警官微笑著，向畢先生微微一鞠躬。

「你知道你在說什麼嗎？」畢先生大聲吼著。

火辣麻基警官顯得十分驚奇。「當然，當然。」他說：「我當然知道我在說什麼。我說出來的每一個字，不但在我腦子裡思考過，而且說出來後我自己耳朵又聽過。當然，當然。」

「你是在做直接的控告。」畢帝聞說。

「當然，當然。」警官承認說。

房裡一時寂然無聲。

火辣麻基繼續說：「我相信我沒有想錯，畢先生。你去木蜜蕾公寓，沒人看到時，單獨時都可以有機會跑到那浴室去，即使被發現，也不會引起什麼懷疑。除了客廳之外，浴室怕是你唯一去過的其他房間了。你很小心的進了浴室，把門關上，把鎖鎖上。兇槍在你手上，你要找個地方又藏匿又栽贓。你知道浴室會是個好地方。

「唯一你不知道事實是，賴先生棋高一著，他看清了兇器不在現場。除了兇器有特徵可以指出是兇手外，還有一個可能就是兇手故意帶走，事後想要栽別人的贓。所以，賴先生特別要求搜索公寓的警員必須仔細搜索。使事後如有栽贓可以清楚分辨。當然，你和賴先生不會知道我也給了我的屬下相同的指示。

「所以，畢先生。你走進浴室的時候，你根本是走進了一個特意安排的陷阱。我可以保證，浴室裡每一寸的地方都經嚴格搜查。不但如此，連浴室牆上的磁磚我們都一塊塊敲過。就是不希望將來出現一塊磁磚可以移動一下，放點東西進去。再說，你和柯太太去拜訪木蜜蕾的時候，只有你進過浴室。

「所以，後來我去浴室的時候，我是第一次去搜那浴室，但是我幾乎立即先去檢查便器上的水箱。那把手槍不就在裡面嗎？當然確定它是兇槍是後來的事。」

畢帝聞說：「你不能把這種事誣賴到我頭上來。我會官司打到底的。我有錢請律師，會請最好的。」

火辣麻基警官文雅地微笑：「我真高興你如此說，畢先生，真的很高興。我還怕你會膽怯全部坦白承認，請求法庭寬恕呢。你現在的態度對我們有利多了。」

白莎問：「為什麼？」

火辣麻基很驚奇地看她一眼，好像說她應該知道原因，不應該打岔的。

但是他還是有禮貌地解釋道：「你看，柯太太。我們警方一切的開支，薪水，所有的維持費用，都來自老百姓的稅收。當然我們希望付稅的人知道，為了保護他們，我們做了多少事。

「很多次，很多次。為了一件兇案我們花了很多人力物力，收集了一切證據，但是最後一分鐘兇手什麼都承認了，把自己交給法庭，請法庭寬恕他一點。這樣的話付稅的人永遠也不會知道我們做了多少工作。

「又有的時候，警方收集的證據有一個小漏洞。被告請了很多律師出庭，使付稅人對我們工作多少有點疑問。

「很多民眾不太瞭解，警察不能判定任何人有罪，警察只是負責收集證據。聰明點的律師不斷打擊蒐證的警方，他們會向陪審團問：警察為什麼不查這，不查那，不收集什麼；又不如此，不那般。陪審團常常會點頭同意，而被告一下子無罪釋放了。被付稅人責難的總是警方。

「就這件案子而言，一切正好相反。你看，我們有一切證據，即使最好的律師也無法——」

「少在那裡耍嘴皮子，」畢帝聞生氣地打斷警官的話，「我是個做生意的人。我知道什麼可以做，什麼不能做。你是在嚇唬人。就算我去過浴室，你唯一可以證明槍是我放進去的辦法，是跟我進去把槍撿起來。像目前狀況，太多人有機會進去。蜜蕾可以，瑙瑪可以，這個狗頭狗腦的偵探可以，還有——」

「喔，當然，當然，」火辣麻基立即承認這一點，「你太對了，畢先生。目前還不到公開辯論的時候。」

「怎麼樣？」畢先生說。

「當然，」火辣麻基說：「你必須承認，你有這個可能。」

「我和很多別人都有這個可能。」

「但是，當然你不會把我們當小孩看，畢先生。」

「那就表示你們並沒有一個有把握的案子。」畢帝聞說：「我的律師會把坐在證人席上的你變成一隻穿小丑衣服的猴子。」

「但是你又怎麼解釋，我們查了那把槍號，也查到了出賣這把槍的商人，發現槍的所有人——」

「你查有什麼用，」畢帝聞說：「我向你保證這把槍不是我買的。」

「當然，當然，」火辣麻基說：「你不會這麼笨。這槍是十五年之前賣給一個男人。可惜我們已無法問他，他已經死了。」

「那不結了。」畢帝聞說。

「但是，」火辣麻基說：「丹佛警察局對持有槍支的人特別注意。任何一位可敬的市民，只要有充分理由，都可以申請持有一支自衛的槍支。但是警察都要登記存案。十年之前，也許你記憶已經不太清楚了，你申請要自備一支手槍時，你登記了廠牌、型式和你想佩帶那支手槍的槍號。」

畢先生的臉突然變得驚慌。

「當然，」火辣麻基說：「那支槍的槍號和水箱裡拿出來的，殺死巴吉祿的槍，完全一樣。

「你看，畢先生。警察有的時候做事一定要面面俱到，差一點也不行，我們在島上有很多不便，我們長途電話用得太多，開支在電話上的費用很驚人。所以這個案件正可告訴社會大眾，警察的電話費用是必要的。

「現在我不想給你太多不便，畢先生。我知道你的關節炎相當厲害。手銬放在你手腕上太過沉重，我決定不用。同時經過大廳，也會損及顏面。

「你當然先要辦妥離開旅館的手續，畢先生。火奴魯魯這個季節旅館太擠了，等房間的客人每天列成長長的一張名單。旅館對這種事很重視，我們也希望正當的付稅人多賺錢。你不必擔心自己的房間，我有兩個部下已經在幫你整行李了。

「你看，你的套房太好，很多人等著想遷入。但是你現在要去的地方，大家都等不及地想出來。請你原諒我開了一個小玩笑，畢先生。我只是想減輕一下我自己的緊張。

「現在，讓我來幫你站起來。你可以帶你手杖一起去，但千萬記住，只是用來協助你走路，絕不是武器。任何暴力的嘗試，都只有惡劣的結果，尤其是你的體能狀況。

「畢先生，你準備好了嗎？」

火辣麻基警官走過去，把手放到他脅下，幫他自椅中站起，把手杖拿了交給他。向我和白莎微微鞠躬說：「請你們原諒我的闖入。但是當我們聽到後來你們說話的樣子，我認為我應該出來調停一下了。我怕你們聲音越來越大，夏威夷皇家是個很高級的旅館——你知道。

「至於那個你所購買的鬧鐘，賴先生，當然你可以保留，我們無權過問。不過，那個匣子裡面所放的東西，我們當然十分感興趣。匣子我們知道你寄給本土辦公室的卜愛茜小姐了。

「我已經和本土警察聯絡好，明天早上匣子送到你辦公室去的時候，一位警官和一位郵政稽察會和送郵包的人同時到達。我們當然希望卜小姐能和我們合作。」

「她會的，」我說：「我們也請求你能給我們一點交情。」

「怎麼說？」

「天知道這卷微縮片上有多少勒索資料，」我說：「我們希望我們的客戶受到保護。」

「你們的客戶？喔，你是指木太太和姓雷的小姐。我的確忽視了目前的情勢，賴先生。我怎麼會去相信像你這樣機敏，狡黠的年輕人，會隨隨便便指控當初最先出錢聘請他的富翁是殺人犯呢？當然你已經和那兩個事後會得到太多利益的女人，有了更好的金錢上的約定了。

「當然，當然，賴先生。這一類事件我們一向最合作了。我們和你一樣不喜歡勒索，請你相信我們的明智決定。

「另外還有件事。柯太太，你去運兵船上出差這件事——我指的是希望找到木蜜蕾在海灘上被搶進鏡頭——已經照顧好了。

「你真聰明能想到這一點，賴先生，我們的人立即開始工作。我們已經找到幾張照片，證明木蜜蕾的確在海灘上——這女人身材真是太迷人了！

「兩張照得她非常清楚的照片，背景是獨木舟俱樂部。假如賴先生回憶一下的話，獨木舟俱樂部有一座大鐘正好面向海灘，讓那些游泳的人可以知道時間。

「這些照片完全證實了兇案發生的時候，木蜜蕾確實是在海灘上。

「現在，畢先生，假如能請你跟我一起走出去，我能保證經過大廳和辦理櫃檯手續的時候，你仍是我們可敬的客人。一位有錢、出色的商人由警察保護遊覽一下市區。

「謝謝你，柯太太。謝謝你，賴先生！事實上，在這件事裡，我們要特別的感謝你的合作。

「柯太太——我恐怕她鹵莽了一點，犯了點不審慎的錯誤。局長本想和她談談。不過不急，明天，後天都可以。目前局長太忙，太忙了。

「我們不願意使本土來的旅客受窘，尤其是最後給我們印象不壞的人。但是幾天之內，看你方便的時候，柯太太，我們局長要問你一些問題，有關從兇案現場拿走證物的事。

「現在真正剩下最後一件事了。另外一個勒索者——那個唐諾一再提醒我們注意的薛西酒，他也妥善照顧好了。有一段時間，我們曾考慮姓巴的是他殺死的。但是他沒有。也許他有過這種想法，但他不願冒險失去所有姓巴的保存的證據。幾十萬幾百萬的賭注，能怪他嗎？

「但是我們已把他處理好了，賴先生。或許是命運安排，他今天晚上會和畢先生住在相鄰的兩個房間裡。

「我再也不打擾你們了，你們一定還有很多業務上的細節要討論。我也要護送畢先生去他新的居處了。

「兩位晚安。」

火辣麻基引導畢先生到走廊，我瞥見兩個便衣就站在門口過道上。房門很小心地被帶上。

「他奶奶的，」白莎說：「他奶奶的奶奶！」

我放一根手指在唇上，提醒她房間是有人在竊聽的。

第廿一章　全部遺產

白莎跟了我下樓，走出日光陽台，走上海灘。水面上倒映著棕櫚樹的影子，在夜晚的天空背景下顯得異常平和，寧靜。珊湖沙隱現著銀白色。熱帶溫暖的海潮，在威基基海灘二十五碼外替漂亮的沙灘鑲了一條美麗的花邊。再向外，也不過是平靜的漣漪。

白莎說：「這些警察辦事的方法真叫我倒胃口，我現在要搜搜看，他們有沒有在我奶罩裡放了個麥克風。」

「這主意很不錯。」我說。

「這個警察局長，」白莎說：「他要是以為我會自己跑去認罪，請他原諒，那是門也沒有。」

「他是有道理的。」

「你什麼意思？」

「他並不希望你會去看他。」

「但是他傳話要我去看他。」

「但是他目前太忙呀，」我說：「假如你給他一封正式函件，解釋你有緊急情況，我絕對相信你能在局長忙完之前，搭上架飛機，飛回本土離開這裡。」

白莎很仔細地看過我之後說：「你是智多星，你認為警官是這個意思嗎？」

我說：「我認為絕對是的。你走進兇宅，竊取證物，藏匿不報。這是違反職業道德的行為。他們可以通知加州，把我們執照吊銷，甚而更嚴重處分。」

「我只是試圖從勒索者手中保護我的客戶。」白莎說。

「所以，」我告訴她，「警察局長讓你知道，你要再留在這裡不走，他就要拖你下水了，但是他太忙了，一、二天之內怕無法接見你。不過一、二天之後，假如你已離開這裡，我想他又會太忙，忘記把你的事轉送本土。」

「奶奶的！」白莎說：「我相信你說對了。」

我什麼也沒有說。

她說：「唐諾，我想天一亮就會有班機飛本土。白莎馬上去訂座位。白莎這些天有太多事要做，再說辦公室不能沒有人。唐諾，這樣好消息歸你去對姓木的說。」

「我會的。」

白莎疑心地看著我說：「記住，好人。我們做生意，為的是鈔票，不要讓她用媚眼和口紅付給你就算了。」

「畢先生已經付過我們了呀。」

「我們從畢先生那裡拿了點定金。」白莎說。

「有一件非常有趣的事。」我告訴白莎。

「什麼？」

「大多數的州裡都有這條法律，一個人不能繼承被他謀殺人的遺產。」

「你是說畢先生假如是謀殺木宜齊的兇手，即使木宜齊有遺囑，他還是不能繼承木宜齊的錢？」

「是的。」

「那會變成什麼情況？」

「木家遺給畢帝聞的一半不必給了。」

「歸木家俏寡婦了？」

「是的，木蜜蕾取得全部遺產。」

白莎說：「唐諾，你快去，去找她。對她客氣點，看看能不能說動她由我們代表她爭取一切利益。老天──你站在這裡發什麼愣？去看那女人。她喜歡你不是嗎？去安慰她，和她要好。讓我們替她做成這件事。」

「好吧，假如你堅持。」我說。

「堅持！」白莎向我喊道：「她有油井，金礦，有收益的房地產，她又──你還在說要我堅持你才去？老天！喔，老天。奶奶的，你給我現在就去！」

我離開白莎，來到蜜蕾的公寓。

「你在家裡沒出去？」

「我想你可能會來，」她說：「進來，進來。」

我跟她進了客廳。燈光不亮。蜜蕾在長沙發上坐下。

「瑙瑪呢？」我問。

「和她時間證人一起出去了。」

「裘瑞易？」

「是的。」

「這個時間證人可靠嗎？小蕾？」

蜜蕾看看她的手錶。「這時候已經不錯了。」她說：「裝甲外殼，紫銅包頭釘釘住，到午夜就密不通風了。清晨一點鐘之後，你用一噸炸葯也炸不出漏洞來了。」

「那夠妙的。」我說著，開始準備坐到椅子上去。

她扮了個鬼臉說：「這裡來，唐諾。坐沙發上。比較舒服，親密。」

我說：「我有些事要先告訴你，是公事。」

「那可以等。」

我走過去，坐在她身旁，長沙發上。

我從口袋裡拿出兩支從水子家拿到的鑰匙，「我想兩支中有一支，」我說：「是這公寓的鑰匙。」

「沒錯，」她說：「你很有腦筋。」伸出裸露的手臂，抱住我的頭頸，高興地笑出聲來，把我拉向她自己。

相關精彩內容請見《新編賈氏妙探之15 曲線美與癡情郎》

新編賈氏妙探之14 女人等不及了

作者：賈德諾
譯者：周辛南
發行人：陳曉林
出版所：風雲時代出版股份有限公司
地址：10576台北市民生東路五段178號7樓之3
電話：(02) 2756-0949
傳真：(02) 2765-3799
執行主編：劉宇青
美術設計：吳宗潔
業務總監：張瑋鳳

出版日期：2023年6月 新修版一刷
版權授權：周辛南
ISBN：978-626-7303-01-6

風雲書網：http://www.eastbooks.com.tw
官方部落格：http://eastbooks.pixnet.net/blog
Facebook：http://www.facebook.com/h7560949
E-mail：h7560949@ms15.hinet.net
劃撥帳號：12043291
戶名：風雲時代出版股份有限公司

風雲發行所：33373桃園市龜山區公西村2鄰復興街304巷96號
電話：(03) 318-1378
傳真：(03) 318-1378
法律顧問：永然法律事務所 李永然律師
北辰著作權事務所 蕭雄淋律師

行政院新聞局局版台業字第3595號 營利事業統一編號22759935

定價：299元

國家圖書館出版品預行編目資料

新編賈氏妙探. 14, 女人等不及了 / 賈德諾(Erle Stanley Gardner)著；周辛南譯. -- 臺北市：風雲時代出版股份有限公司, 2023.04　面；　公分

譯自：Some woman won't wait
ISBN 978-626-7303-01-6（平裝）

874.57　　112001897